帝都の鬼は永遠《とわ》を契る

卯月みか

角川文庫
24582

もくじ

おもな登場人物

イラスト／桜花 舞

月影《つきかげ》桜羽《おとは》

人間と鬼の血を引く少女。落ちこぼれ陰陽師だったが真の力を解放し、強い神力と特別な癒やしの力を得た。焔良と婚約中。

焔良《ほむら》

鬼の頭領。赤い髪と瞳の美しい青年。強い妖力を持ち、炎を操る。華劇座の支配人としての顔も持つ。

月影《つきかげ》冬真《とうま》

桜羽の従叔父で育ての親の青年。月影氏流陰陽師の前頭領で陰陽寮長官を務めていた。現在、生死不明のまま消息が絶えている。

志堂《しどう》逸己《いつき》

元陰陽寮副官。冬真の同い年の幼なじみ。明治政府の手の者として密かに働く。

斎木《さいき》克《すぐる》

桜羽の陰陽寮時代の同僚。同い年で気心が知れている。

朱士《あかし》

焔良の腹心の凛々しい鬼の青年。

心花《こはな》

焔良の邸で働く素直で愛らしい少女。正体は化け狸というあやかし。

第一章

今でも時々夢に見る。

燃えさかる劇場。肌を灼《や》く熱。

胸の奥に刺さって抜けない棘《とげ》のような後悔――

悪夢から逃れるように目を覚ました月影桜羽《つきかげおとは》は、自分の体に、夢の中と同じ熱を感じて怪訝《けげん》に思った。

起き上がろうとして、すぐに気付く。桜羽の体に右腕をかけ、密着して眠っている者がいる。熱いのは彼の体温のせいだ。

「ほ、焔良《ほむら》っ！」

桜羽は自分を抱いて眠る焔良の腕をぐいと押しやり、身を起こした。桜羽に名前を呼ばれて、焔良がゆっくりと瞼《まぶた》を開ける。まだ覚醒《かくせい》しきっていないという顔で桜羽を見上げ、

「おはよう、俺のお姫様」

と、微笑んだ。

「あなた、なんでまた私の寝台に潜り込んでいるのよっ！」

動揺しながら布団を引っ張り、乱れた浴衣《ゆかた》の胸元を隠す桜羽に、焔良がのんきな口調で返す。

「同衾《どうきん》なんて何度もしているのだから、今更、恥ずかしがることでもあるまい。幼い頃のお前は、『一緒に寝て』とぐずって、自ら俺にくっついてきていたぞ」

「〜〜っ」

抗議をしようとしたが、うまく言葉が出てこない。

焔良はかつて、幼い桜羽の面倒を見てくれた兄のような存在だった。

人里離れた山中に隠れ住む桜羽たち一家のもとを、鬼の頭領だった父の玖狼《くろう》と共に訪れていた焔良に桜羽は大層懐いていて、「今日は泊まっていってくれるの？」と駄々をこねては、くっついて眠っていたものだ。

あの時の安心感を覚えているからなのか、焔良と共に寝ていても実は嫌ではない――などという本音は、大人になった今ではとても言えない。焔良も、桜羽が口では文句を言いつつも強く出られないことがわかっているので、頰を赤くしている桜羽を見て笑っている。

焔良の柔らかな赤い髪は寝癖で乱れているが、それが色気を感じさせる。髪と同じ赤い瞳《ひとみ》は悪戯《いたずら》っぽく、けれど蠱惑《こわく》的に輝いていて、桜羽はあらためて実感する。目の前のこの青年は、美しい容姿と特別な能力を持つ鬼の一族の者なのだと。

鬼とは、長い歴史の中で人に害を為してきたあやかしのうちの一種だと言われているが、実際は、古《いにしえ》の時代、日本がまだ統一されていなかった頃、大王《おおきみ》に従わず朝廷と戦う道を選んだ人々の総称である。朝廷は、自分たちに従わなかった者たちに『鬼』という名を付け、討伐しようとしたのだ。

迫害された鬼の一族は能力を隠して暮らし、時に幕府の手先として暗躍しながら、生き長らえてきた。

焔良は、その末裔《まつえい》であり、鬼とあやかしを統べる当代の頭領だった。

桜羽が、とある事情で、幼い頃に別れ別れとなっていた焔良と再会したのは昨年の三月。桜が咲くにはまだ早く、肌寒さが残る時分のことだった。

その頃、桜羽は、明治《めいじ》政府の一機関であり、鬼を滅することを使命としていた陰陽寮《おんみょうりょう》の一員として働いており、焔良の記憶もなくしていた。仇《かたき》だと信じ込んでいた焔良が実はそうではなく、母を殺したのは別の者だとわかり、彼への誤解が解け――

今、桜羽は焔良の婚約者として、彼の邸《やしき》で共に暮らしている。

「そんなに焦らなくても、何もしていない。ただ、お前を抱き枕にしていただけだ」

「抱き枕って……」

そんな理由で、頻繁に寝台に潜り込んでこないでほしい。今の桜羽にとっては、焔良は兄ではなく、恋する相手なのだから。

「困惑しながら怒っている顔も愛《いと》しいな」

焔良が腕を伸ばして、桜羽の後頭部に触れた。そのまま引き寄せて、軽く唇を重ねる。

桜羽は抵抗せずに彼の口づけを受け入れたものの、すぐに体を押し返した。

「私、着替えるから、出ていって」

照れ隠しに頬をふくらませながら横を向く。心臓は早鐘を打っている。

「はいはい。お姫様の仰《おお》せのままに」

焔良が軽口を叩《たた》きながら寝台から滑り降り、桜羽の部屋を出ていく。

彼の姿が見えなくなると、桜羽は枕を抱え、顔を押しつけてうずくまり、恥ずかしさで呻《うめ》いた。

自分が恋愛初心者でうぶなことは自覚している。

再会した時から焔良は桜羽に優しかったが、恋人同士になってから、彼はますます甘く接するようになった。焔良に触れられるたび、桜羽の心臓は跳ねて、鼓動が早くなる。

――恋人としてのふるまいとは、どういうものなのだろう？

枕を外して体を起こし、頬を両手で挟むと熱を帯びている。

「男性って皆、恋人に対してあんな感じなの？　……今度、斎木《さいき》君に聞いてみよう」

陰陽寮時代の同僚だった斎木克《すぐる》の顔を思い出す。先月、花見に行った上野《うえの》公園で偶然出会った時に、お見合いをして結婚を約束した相手ができたと話していた。斎木はいわば自分たちと同じ立場なので、彼が彼女にどんなふうに接しているのか聞いてみたい。

「朝ご飯を食べたら、斎木君に手紙を書こう」

とりあえず、着替えようと寝台から降りた時、焔良の邸の女中であり、桜羽のお世話係でもある少女が部屋に入ってきた。

「桜羽様、おはようございます!」

切りそろえられた前髪と、くりくりとした目が可愛い十歳ぐらいの少女は、名を心花《こはな》といい、正体は化け狸というあやかしだ。普段は女の子の姿をとっており、この邸の家事を一手に引き受けている。

「心花、おはよう」

桜羽は心花に挨拶《あいさつ》を返した。

心花が簞笥《たんす》から出してくれた銘仙に着替える。

もっと上等な着物を、焔良は桜羽のためにたくさん誂《あつら》えてくれているのだが、普段着には気軽に着られる銘仙がいい。

手早く長着を羽織り、帯を巻く。

顔を洗って身だしなみを整え、桜羽は食堂へ向かった。

明るい朝の日差しが差し込む食堂に入ると、焔良は既に椅子について、新聞を広げていた。仕事の時は洋装も多い彼だが、自宅ではくつろいだ着流し姿だ。

「ああ、桜羽。来たか」

焔良が、読んでいた新聞をテーブルの上に置く。大きく印刷されていた広告の見出しが目に入り、桜羽は軽く首を傾げた。

「『アベッリ曲馬団』?」

四頭の馬が立ち上がった絵と、あおり文句が載っている。

「ああ、これか。今、イタリアからサーカスが来ていて、秋葉《あきば》ヶ《が》原《はら》に大天幕を張って興行しているんだ」

椅子に座った桜羽の前に、焔良が新聞を差し出す。

広告には『好評開催中の新狂言の興行、今夕より虎や人の踊りなど、色々と演目が変わるため、賑々《にぎにぎ》しくご来駕《らいが》の程、お待ち申し上げております』といった旨のことが書かれている。

「好評を博している演目のうち、いくつかが差し替わるみたいだな。虎が来るなど、話題性も抜群だ」

焔良が同じ興行主の顔で感心する。

焔良は鬼の頭領であると同時に、華劇座《かげきざ》という劇場を営む劇場主でもある。

華劇座は昨年起こった、ある事件の際に火事で焼け落ちてしまったが、既に再建が済んでおり、新・華劇座のこけらおとしも間近に迫っていた。

「虎って、どんな動物なの? 大きいのかしら」

首を傾げる桜羽を見て、焔良が目を瞬かせる。

「そうか。お前は虎を知らないのか。ならばせっかくの機会だ。今夜、曲馬団の演目を見に行こう」

「いいの？」

驚いた桜羽に、焔良が「ああ」と笑みを浮かべる。

「朱士《あかし》に言って、すぐに入場券を手配させる」

（曲馬団って、どんなことをするのかしら？）

桜羽は広告の馬の絵を見つめながら、胸を弾ませた。


夕刻になると、二人は連れだって邸を出た。

皐月《さつき》の風は爽《さわ》やかで、過ごしやすい夕暮れだ。

アベッリ曲馬団が滞在しているという秋葉ヶ原に到着した桜羽は、興行場所を見て目を丸くした。

家が四十軒は建てられるのではないかという広範囲に、大天幕四張りと獣苑《じゅうえん》が作られている。

天幕のいくつかは、団員の住居のようだ。派手な衣装を着た人々が出入りしている。

柵《さく》で囲われた獣苑からは、動物の鳴き声が聞こえていた。噂の虎も、あそこにいるのだろう。

唸《うな》り声に思わず足を止めた桜羽を見て、焔良が笑う。

「聞いたことのない声だから、ちょっとびっくりしただけ」

「恐れているのか？」

どのような猛獣なのか、本当は少し怖い。

焔良が桜羽の手を取った。小さな子供にするような仕草だったが、桜羽は素直に握り返した。

焔良に手を引かれ、連れられて行った先は、ひときわ大きな天幕だった。

入り口で、朱士が用意してくれた入場券を示して中に入ると、中央に円形の演技場が設けられていた。その周囲には階段状に座席が並んでいる。一部が枡席《ますせき》になっており、焔良は迷わずそこに向かった。

階段状の座席は見物人でぎゅうぎゅうだったが、枡席はゆったりとしている。場所も演技場から近く、見通しがいい。

まるで、華劇座のボックス席のようだ。この演技場の中で、最も上等の席なのだろう。

椅子に腰を下ろした桜羽は、隣に座った焔良に尋ねた。

「こんなに良い席を取ってくれたの？」

「桜羽が見たいと言ったからな。ゆっくり観覧できる席のほうがいいと思ったんだ」

焔良の気遣いが嬉《うれ》しくて、桜羽は微笑んだ。

「ありがとう」

二人で話していると、大カンテラに火が灯《とも》された。ドラムの音が天幕内に鳴り響く。

フロック姿に尖《とが》った口髭《くちひげ》の外国人紳士が現れ、演技場に立つと、

「紳士淑女の皆様」

と、よく通る声で呼びかけた。

「本日はお集まりいただき、誠にありがとうございます。今宵《こよい》はぜひ、我がアベッリ曲馬団の妙技に酔いしれてください」

堂々とした挨拶の後、楽団が明るい音楽を奏でだした。それと同時に白毛と栗毛の馬が演技場に駆け込んでくる。白毛の背には妙齢の美しい女性が、栗毛の背には体格のいい男性が跨《また》がっていた。

彼らは、馬を後ろ脚だけで立たせたり、男性が女性を肩に乗せて馬の背に立ち上がったりと、次々と妙技を披露する。

「すごいわ！」

「驚くのはまだ早いぞ」

度肝を抜かれている桜羽の様子を見て、焔良が楽しそうに笑う。

子供たちの軽業を挟みながら曲馬が続き、前半の部が終わると、後半の部に入った。

巨大な象が鼻に人を乗せる芸に感心し、桜羽が思わず「私も乗ってみたい」と言うと、焔良が「それなら、桜羽のために、どこかから象を手に入れてこなければならないな」

と真顔になった。

「邸《やしき》に連れて来るの？」

焔良は新しいものやめずらしいものが好きだ。邸で象を飼うつもりなのだろうか。どうやって世話をすればいいのだろう、象って何を食べるのかしら……と、桜羽は真面目に考え込んだ。そんな桜羽を見て、焔良がすぐに「冗談だ」と笑ったので、「もうっ」と頬をふくらませる。

サーカスも佳境になると、本日の目玉、虎が連れられてきた。獰猛《どうもう》に吠《ほ》える虎に驚き、焔良の腕に抱きついた桜羽に、焔良が「ここまでは来ないから大丈夫」と安心させるように囁《ささや》く。

鞭《むち》と金属製の輪を手にした座長のアベッリ氏が現れ、虎の前で床を鞭で叩《たた》いた。虎はアベッリ氏に襲いかかったが、アベッリ氏が輪を掲げると、その中を見事にくぐり抜けた。アベッリ氏は鞭と輪で虎を翻弄《ほんろう》し、最後には飼い猫のようにおとなしく服従させてしまった。

会場内に割れんばかりの拍手が鳴り響く。桜羽も一生懸命、両手を叩いた。

「あんな風に危険な獣を自在に操るなんてすごいわ」

「本当にな。大したものだ」

焔良も感心した様子で手を叩いている。

演目が全て終了し、アベッリ氏のお礼の挨拶を聞いた後、桜羽と焔良は天幕を出た。

他の観客たちも興奮が醒《さ》めやらぬようで、あちこちから、今日の曲馬団の感想が聞こえてくる。

桜羽も瞳《ひとみ》を輝かせて焰良に感動を伝えていたが、ふと、見知った人の姿が目の端に映ったような気がして足を止め、振り向いた。

桜羽の意識を引いたのは、着流し姿の青年だった。顔の半分を覆う大きな眼帯が目立っている。長い髪は首元でまとめられ、背中にゆったりとかかっていた。ちらりと見えた横顔は中性的で美しく、まるで――

「冬真《とうま》、さま……？」

桜羽の口から、養い親だった青年の名前が漏れた。

眼帯の青年の隣には、明るい色の銘仙を着た小柄な少女が並んでいるが、後ろ姿なので顔はわからない。三つ編みが、歩を進める動きに合わせて揺れていた。

「焰良、少しここで待っていて。――すみません、通してください！」

桜羽は焰良のそばから離れると、人波をかき分けて、青年のもとへ行こうとした。けれど、もみくちゃにされて近付けない。すぐに青年と少女の姿は見えなくなり、桜羽は人の流れに翻弄され、いつの間にか道の端に押し出されていた。

「桜羽！」

名前を呼ばれて振り向く。

焰良が人々を強引に押しのけて、こちらに近付いてくる。

「急にいなくなるから驚いたぞ」

桜羽のもとまで辿《たど》り着くと、焰良は迷子を捕まえるように桜羽の手を取った。

「焔良。今、あちらに」

「冬真様が」と言いかけて、桜羽は言葉を呑《の》み込んだ。

焔良が不思議そうな顔をして「ん？」と首を傾げる。

「……なんでもないわ」

桜羽は無理矢理、笑顔を作ると、首を横に振った。

冬真は焔良の父を殺し、仲間の鬼を多く殺した仇《かたき》だ。彼の気持ちを思えば、冬真の名を出すことは躊躇《ためら》われた。

けれど、桜羽は今でも悔いている。

あの日、なぜ自分は、冬真を置いて華劇座を出てしまったのだろう。

(冬真様の生死は未《いま》だ不明。状況からして、生存確率は低い。でも、私は冬真様に生きていてほしいと願っている)

桜羽は焔良に手を引かれて歩きながら、胸の中でつぶやいた。

秋葉ヶ原から帰宅し、焔良と共に心花が作ってくれた夕餉《ゆうげ》を食べ、湯浴《ゆあ》みをした後、桜羽は「今日ははしゃぎすぎて少し疲れてしまったから、早く寝るわ」と言って、自室に入った。

普段なら、眠くなるまで居間で焔良とたあいない話をするのだが、今夜はそんな気持ちにはなれなかった。

寝台に横になる。

脳裏に過《よぎ》るのは、一年前の出来事だ。

幼い頃、桜羽の母は殺害された。桜羽は長い間、母を殺したのは赤髪の鬼だと思い、鬼は仇だと信じて生きてきた。

焰良と再会し、彼こそが母の仇だと考えた桜羽は、焰良の命を取ろうとして失敗し、彼の邸に軟禁されることとなった。

解放の条件として、競り売りにかけられている鬼の子供たちを助け出すためのパートナーとなったが、そのさなかで桜羽は、鬼の子供たちを攫《さら》っていたのが、彼女が所属していた陰陽寮《おんみょう》の者であり、命じていたのが、親を亡くした桜羽を育ててくれた従叔父《いとこおじ》、月影冬真だと知った。

陰陽寮の長官であり、月影氏流の頭領である冬真は、不本意ながらも政府の命令に従い、間諜《かんちょう》や暗殺者として非道な行いに手を染めてきたらしい。そして、冬真の従姉《いとこ》であり、桜羽の母である朔耶《きくや》を殺害したのも、彼だとわかった。

鬼の頭領である焰良と冬真が華劇座で対峙《たいじ》した際、割り込んできたのが、生前から朔耶に執着していた警視庁の警視、葦原幸史《あしはらゆきふみ》だった。

三つ巴《みどもえ》の戦いの末、華劇座は火事で焼け落ち、葦原は死んだが、冬真の生死は不明のまま――

燃えさかる華劇座の光景を、今でも時折夢に見る。後悔が桜羽の胸を刺す。

冬真の顔を脳裏に浮かべ、桜羽は複雑な気持ちで目を閉じた。

桜羽を育ててくれたことは感謝している。けれど、母と父の命を奪ったのは彼だ。それを隠し、彼の持つ記憶に干渉する能力で、桜羽が焔良を仇だと思い込むよう、思い出を改ざんした。

冬真は、罪にまみれている。焔良の父親、鬼の一族、政府の敵まで、彼は数多くの者を殺している……。

(冬真様が生きているって信じたい。……でも、仮に冬真様と再会したら、私はその時、一体どうするんだろう)

わだかまりなく、冬真に笑みを向けられるだろうか。

それとも、両親の仇と罵《ののし》るのだろうか。

自分を騙《だま》していたことを謝ってくれと、怒りながら泣くのだろうか……。

＊

新生華劇座のこけら落としの日がやってきた。

前売りの切符は全て売り切れており、多くの来場者が予想されるため、桜羽も案内係の一人として、手伝いに行くことになっていた。

「別に無理をして来なくてもよかったんだぞ。お前には、教師の仕事があっただろう？」

焔良が、華劇座へ向かう馬車の中で桜羽に声をかける。

「大丈夫よ。授業は午前中までだったし、公演は夜だもの。時間は空いていたわ」

「だが、疲れているんじゃないか？　あの子たちはやんちゃだから」

「ふふっ。確かにね」

桜羽は、「桜羽先生」と慕ってくれる生徒たちの顔を思い浮かべた。

――焔良の邸《やしき》で暮らし始めた当初、桜羽は、焔良のもとに持ち込まれる鬼の一族からの相談事を解決する手伝いをしていた。

政府があやかし狩りを中止したため、命の危険はなくなったものの、当時はまだ人々が鬼に対して抱く感情は不安と差別が強かった。

正体が鬼だと知られ、家のまわりに汚物をまき散らされた家族もいれば、商売をしていた者が事実無根の悪い噂を立てられて、店を畳まざるを得なくなったこともある。

鬼を狩る役目を担っていた陰陽寮がなくなり、一部の人の中に「政府が鬼を排除しないのならば、自分たちの身は自分たちで守らなければ」と、過剰な防衛に走った者がいたのだ。

今でこそ数は減ったものの、一年前は、生活を脅かされた鬼たちが、よく焔良を訪ねてきていた。

焔良と朱士と共に桜羽も積極的に彼らの相談に乗ろうとしたが、心に傷を負った鬼たちは、鬼の血を引いているとはいえ元は陰陽師だった桜羽に、心を開こうとはしなかった。

人から受けた仕打ちを返そうとするかのように、桜羽に罵詈雑言《ばりぞうごん》を浴びせる者もいた。冷たい視線で桜羽を静かに睨《にら》み付け、部屋を出ていった者もいた。「頭領をたぶらかした悪女」「偽善者」と、桜羽を貶《おとし》める言葉を吐き捨てた者もいた。

自分が月影家の人間で、陰陽師であった事実は覆せないのだから、彼らに信用されなくても仕方がない。ならばせめて彼らの憎しみの矛先となって、苦しみを受けとめようと決心したものの、罵倒《ばとう》され、人格を否定され続ければ、心が衰弱しないわけはない。

何もできない自分が不甲斐《ふがい》ないと思い悩んでいた桜羽に、ある日、焔良が提案をしてきた。

「鬼の子供たちのために教育機関を作ることにした。桜羽も手伝ってくれないか？」

政府は、鬼の迫害をやめ、良好な関係を築く方向へ方針転換したが、制度としての差別は残っている。最たるものの一つは、人の子供ならば通えるはずの尋常小学校に、鬼の子供は通えないという問題だ。当然、それよりも上の学校にも行けない。十分な教育が受けられなければ、識字率も下がるし、将来、仕事をする時にも不利になる。それを焔良は憂いていた。

「焔良が資金を出すの？」

驚いた桜羽に、焔良は「ああ」と頷《うなず》いた。

「頭領としてできることをしたい。本業はうまくまわっているから、費用はある。問題は教師がいないことだ。だから、桜羽。人材が揃《そろ》うまででいい。子供たちの先生になってくれないか？」

焔良の頼みに、桜羽は迷いなく頷いた。

「私、やるわ！」

教室にする建物は既に目を付けていたらしく、焔良はそれからひと月ほどで学校を作り、鬼の子供たちを集め始めた。学費は無償ということもあり、当初は数人だった生徒はどんどん増え、開校から四ヶ月経った今では四十人ほどになっている。

全く問題がないというわけではないが、概《おおむ》ね、子供たちは楽しく通ってくれており、彼らの笑顔を見ると、桜羽も嬉《うれ》しくなる。

下は六歳から、上は十四歳まで。様々な性格の子供たちと過ごす毎日は充実している。

「みんな元気いっぱいで可愛いわ。焔良、私を学校の先生にしてくれてありがとう」

あらためてお礼を言うと、焔良は笑みを浮かべた。

「礼を言うのはこちらのほうだ。桜羽の力がなければ、鬼の学校は軌道に乗らなかった」

当初から桜羽と共に働いていた鬼の男性と、最近もう一人、鬼の女性も勤め始め、桜羽を含め、今では教師の数は三人になった。

「焔良が日々、皆のために頑張っているからよ。今夜は焔良のために、私も頑張るわ」

桜羽は胸に手を当て、にこっと笑った。

華劇座に着くと、桜羽は早速ワンピースと白いエプロンに着替え、玄関広間に入った。

以前より華やかさを増したのではないかと思えるほど豪華な玄関広間に、案内係の女性たちが集まっている。容姿の美しい彼女たちは、皆、鬼の一族の者だ。

「あら、桜羽さん」

その中の一人が桜羽に気付き、こちらを向いた。彼女の肌は透き通るように白く、豊かな黒髪は艶《つや》やかだ。

「このようなところで、どうされたのですか？　どうして私たちと同じ制服を着ていらっしゃるのです？」

「矢草《やくさ》さん。私も華劇座の手伝いに来たの。きっと今夜は忙しいでしょう？　人手が足りないかと思って」

焔良から聞いていなかったのか、矢草は目を丸くした。

「桜羽さんは支配人の婚約者であられるのに、お手伝いなんて恐れ多い！」

「恐れ多いなんて、そんなことはないわよ」

桜羽は慌てて両手を横に振る。

矢草はもとは陰陽師を憎んでいたが、拐《かどわ》かされた矢草の娘、咲《さき》を、桜羽が焔良と共に闇のオークションから助け出してから、桜羽に対して好意的になった。

「あっ、桜羽さん！　お久しぶり！」

「お元気でしたか？」

他の案内係の女性たちも近付いてきて、桜羽を取り囲んだ。

「ねえ、最近は支配人とどんな感じ？」

「支配人って仕事中はいつもキリッとしているけど、二人きりの時は桜羽さんに甘えたりするんですか？」

興味津々に尋ねられ、桜羽はたじたじになった。

「えっと、その……普通……よ」

「普通って何？　そんなことないでしょう～。婚約してるのに～」

桜羽と同い年だという鬼の少女が、桜羽の脇を肘《ひじ》でつつく。

華劇座が冬真率いる陰陽寮《おんみょうりょう》に襲撃された時、桜羽は必死に鬼たちを守った。そのため、華劇座で働く鬼たちは桜羽に心を開いている。案内係の女性たちは桜羽と歳が近い者も多く、特に気安く接してくれる。

案内係の皆にからかわれ、真っ赤になる桜羽を見て、彼女たちが一斉に「可愛い～！」と声を上げて笑う。

「あ、あのっ！　とりあえず、何をすればいいのか教えてください！」

桜羽はきゃあきゃあ言っている彼女たちを落ち着かせるように両手を振ると、仕事内容について尋ねた。

矢草の説明によると、切符を買ったお客様を座席へお連れするのが、案内係としての主な仕事らしい。

玄関広間に設置されている細工の凝った柱時計の針が開場時間を指すと、桜羽たち案内係は扉に向かって整列した。矢草と、もう一人の女性が、ゆっくりと扉を開ける。皆、揃ってお辞儀をし、開場を待ち構えていたお客様たちに明るく挨拶《あいさつ》をした。

「皆様、今宵《こよい》はようこそ、華劇座へ！」

次々と入ってくる客たちを連れて、案内係の女性たちが階段を上っていく。劇場内へ続く扉は、大階段を上がった先、二階にあるのだ。

(ぼうっとしていたらだめね。私も仕事をしなきゃ)

気合いを入れて、桜羽はそばを通りがかった紳士と夫人に声をかけた。

「お席へご案内致します」

新生華劇座のこけら落としの公演は大盛況のうちに幕を閉じた。

笑顔で帰っていくお客様たちを見送った後、桜羽は舞台裏へと戻り、着替えて外に出た。

行きと同じく帰りも、華劇座の副支配人であり、焔良の右腕でもある朱士が、馬車で邸まで送ってくれることになっている。

焔良と朱士を待つ桜羽の横を、関係者入り口から出てきた華劇座の従業員たちが「お疲れ様です」と言って通り過ぎていく。

従業員たちに手を振っていた桜羽は、ふと視線を感じて周囲を見回した。

(誰かに見られている……？)

元は陰陽寮所属の陰陽師で、あやかし退治をする側だった桜羽は、戦闘に関する訓練を受けている。気配には敏感なほうだが、怪しげな人影は見つからない。

首を傾げた時、馬の足音と、車輪が地面をまわるゴトゴトという音が聞こえてきた。

馬車が桜羽の前で停まる。扉が開き、焔良が顔を出した。

「待たせて悪い」

「大丈夫。そんなに待っていないわ」

差し出された手を取り、桜羽は馬車に乗り込んだ。

「ふぅ」

一息ついて背もたれに背中を預けた桜羽の顔を覗《のぞ》き込み、焔良が尋ねる。

「疲れたか？」

「いっぱい動いたから、少しね」

疲れたと言っても、気持ちのいい疲労だ。案内係の仕事は、教師の仕事とはまた違う充実感があった。

(今日は、たくさんの笑顔が見られてよかった。「誰かに喜んでもらう仕事」って素敵ね)

満足して帰っていくお客様たちの様子を思い返していたら、焔良が桜羽の頬に触れた。

「今日は手伝ってくれて礼を言う。矢草から、桜羽の働きぶりは素晴らしかったと報告を受けた」

「華劇座の復活、おめでとう。お客様たち、とっても楽しそうだったわ。記念すべき日に手伝わせてもらって、私も嬉しかった」

微笑みながらお礼を言うと、焔良は優しく目を細め、桜羽の頰に口づけた。

不意打ちの口づけに心臓が跳ねる。驚く桜羽の唇を焔良が親指でなぞる。

「他の場所がお望みだったか？」

「そ、そういうわけじゃなくて……ちょっとびっくりしたというか……」

動揺して声を上擦らせると、焔良が「ふっ」と吹き出した。手の甲で口元を押さえ、笑っている。

「からかったわね！」

照れ隠しに焔良の胸をこぶしで叩《たた》くと、

「違う。感謝の口づけだ」

と言って、焔良は桜羽を引き寄せた。愛《いと》しそうに髪を梳《す》く焔良の肩に頭を預ける。

（私、幸せだわ）

今はまだ鬼の一族の者たち全てに認められているわけではないが、いつか焔良の花嫁として祝福される日がくるといいなと願う。

焔良は早く結婚したいと思ってくれているようだが……。

（鬼の頭領である焔良の隣に立つのにふさわしい存在になりたいから、もう少し待っていて）

桜羽は焔良に向かって、心の中でそっと呼びかけた。

＊

その客人は、なんの前触れもなくやってきた。

旭緋《あさひ》と名乗った鬼の青年は、焔良よりも少し年下で、快活そうな顔立ちをしていた。どことなく焔良に似ているが、瞳《ひとみ》も髪も焔良のそれよりも暗い赤色をしている。

(焔良の親戚《しんせき》かしら)

桜羽は、客間の長椅子にどっかりと腰掛けている旭緋を見つめた。

「久しいな、旭緋。帝都に来たのは三年ぶりぐらいか？」

焔良が嬉《うれ》しそうに笑う。

「桜羽。この男は俺の父方の従弟《いとこ》で、旭緋という。俺の父が生前、頭領として帝都の鬼をまとめていたことは知っていると思うが、西の地までは目が行き届かなくてな。京《きょう》のまとめ役として、父の弟である叔父《おじ》を派遣したんだ。叔父が引退してからは、旭緋がその役目を継いでいる」

桜羽に説明した後、焔良は、今度は旭緋に向かって桜羽を紹介した。

「旭緋。この娘は桜羽といって、俺の婚約者だ。母親は人だが、父親は瑞樹《みずき》だ」

焔良に紹介されて、桜羽は旭緋に、

「桜羽です。よろしくお願いします」

と、お辞儀をした。

「瑞樹さんは、玖狼伯父上《おじうえ》の右腕だった人だろう？　人が好《よ》くて、水の妖力《ようりょく》に長《た》けた強い鬼だったが、陰陽師の娘と駆け落ちをして、一族から離れたんだよな。これが、瑞樹さんをたぶらかした女が産んだ娘ってことか」

旭緋はそう言った後、桜羽の頭のてっぺんから足のつま先までを見下ろした。

 桜羽は一瞬で、彼が自分に対して良い印象を持っていないのだと察した。彼のまなざしは、桜羽を敵視する鬼たちと同じものだったから。

「わざわざ半鬼半人の小娘を選ばなくとも、一族の中には、焔良にもっとふさわしい、美しくて賢い女がいるはずだろう？」

（半鬼半人……）

鬼としても人としても中途半端と言われているような気がして、桜羽はひっそりと傷ついた。

旭緋の冷たい視線から、「頭領の伴侶《はんりょ》となるのは鬼の女性であるべき」という彼の理想が伝わってくる。

華劇座の者たちは桜羽を認めてくれているが、おそらく鬼の一族たちのほとんどが、旭緋と同じ考えを持っているだろう。桜羽に面と向かって「お前は焔良様にふさわしくない。今すぐ焔良様の邸《やしき》から出ていけ」と言い放った者もいる。

その時のことを思い出し、桜羽の心が沈む。

表情に出ていたのだろうか。膝《ひざ》の上で揃えていた桜羽の手に、焔良が手のひらを重ねた。

「旭緋。桜羽を侮辱するなら、相手がお前でも容赦はしない」

焔良の鋭いまなざしに、旭緋が怯《ひる》む。

一瞬、緊迫した空気が漂ったものの、少しの間の後、焔良は気を取り直したように、会話を再開した。

「それで、お前がいきなり帝都にやって来たのは、何か用事があったからか？」

「そうなんだ」

焔良に尋ねられ、旭緋が身を乗り出す。

「京は古い都で、鬼やあやかしの伝説も多い。京の人々の中には、帝都以上に俺たちへの恐怖が根付いている。陰陽寮《おんみようりよう》が帝都に移ってからは、天敵のいなくなった俺たちが人々に対し何かするのではないかと警戒する者もいて、肩身の狭い思いをしていたんだが……実は最近になって、俺たちを庇護《ひご》してくれる人が現れたんだ。その人のおかげで、安全な生活が送れている」

「鬼を庇護している人物だと？　京の都に？　京は長らく、帝が暮らしていた地だ。帝を守るため、貴族たちは『あやかし退治』を建前に陰陽師を使って邪魔者を消してきた過去がある。そんな都で、わざわざ鬼を庇護する者がいるなど信じられない。しかも、安全を保障できるとなると、かなり身分の高い人物なんじゃないか？　それは誰だ？」

焰良の質問に、旭緋は「名は言えない」と即座に答えた。

「その人が鬼を庇護していることを、明治政府に知られるわけにはいかないんだ」

「……どういうことだ？」

赤い瞳をすっと細め、焰良が旭緋を見つめる。

（政府に知られたくないなんて、その人は自分の行いを隠したいのかしら？）

二人のそばで話を聞きながら、桜羽も考える。

焰良の働きかけもあり、政府にあやかし狩りを中止させ、陰陽寮が解散してから一年。帝都の人々が抱いていた「鬼は極悪非道のあやかしである」という誤解も解けつつあり、鬼たちの中には素性を隠すのをやめる者も出てきている。

政府から存在を認められ、帝都で鬼の居場所ができつつある今、京の都でも同じ動きがあることを隠さなくてもいいように思うのだが……。

（京で身分の高い者といえば……公家《くげ》華族？）

帝に仕えた貴族のうち、宮家に連なる一族や名家は、華族に叙されている。鬼の敵でもあった貴族が、手のひらを返したように鬼を庇護しているのだとしたら、その目的はなんだろうか。

（隠すのは、後ろめたい何かがあるからかもしれない。話の内容が怪しくなってきたわ）

焰良も同じように感じているのか、難しい顔をしている。

「その者は本当に信用できるのか？」

疑う焔良に、旭緋はややムッとした口調で、

「できる」

と断言した。

「自らの土地を提供し、俺たちが安心して暮らせる集落を作ってくれた。焔良の努力で、帝都の鬼の生活が改善しつつあることは知っている。焔良は、将来的には鬼も政治に参加できるようにしたいと考えているんだろう？　だが現段階で、それは保証されていない。今のままのゆっくりとした変化では、それがいつ叶《かな》うのかわからない。鬼たちが人と同じように暮らせる日は遠い」

熱い口調で旭緋が続ける。

「その人は、政権を京に取り戻す手伝いをすれば、鬼も政治に関与させると約束してくれているんだ。そうなれば、何もかもが一気に好転する！　焔良も協力してくれ！」

熱心に語る旭緋に、焔良が冷静な口調で尋ねた。

「俺に何をさせたいんだ？」

「帝を京に帰す」

「……っ！」

旭緋の言葉を聞いて、桜羽は思わず息を呑《の》んだ。

帝が京から帝都に居を移してから、既に二十一年が経っている。明治時代の創業とも

いえる十年が過ぎ、現在は内治を整える大切な期間にあたる。今更、帝が京へ帰るなど考えられない。内政が乱れれば、好転しつつある政府と人と鬼、三者の関係も崩れてしまうのではないだろうか。

焔良もそれを恐れたのか、厳しい声で旭緋を叱責した。

「馬鹿なことを言うな。帝が帝都で新しい生活を始めてから、何年が経ったと思っているんだ。今、京に戻れば世に混乱が起こる。明治政府が立った頃のように、内乱も起きるかもしれない」

桜羽は、かつて冬真が「帝が帝都へ移ってから京は衰退した」と話していたのを思い出した。公家華族の中にはまだ「帝は帝都で仮住まいをなさっているだけで、こちらへ帰っていらっしゃるはずだ」と信じている者もいるらしい。

「帝は京に戻らない。おそらく、帝自身も望まないだろう」

落ち着いた口調で断言した焔良を見て、旭緋の頬に朱がさした。眉《まゆ》を逆立て、テーブルをこぶしでドンと叩《たた》く。

「焔良はいつからそんな軟弱になったんだ？　鬼の一族を守るためなら、なんでもすると言っていたじゃないか！　俺の兄貴分は、そんなに腰抜けではなかった！」

「焔良は腰抜けなんかじゃ――」

思わず言い返そうとした桜羽を、焔良が腕を伸ばして止める。

「とにかく、俺はその話には乗れない。賛同できかねる」

きっぱりと断った焔良を見て、旭緋は心底失望したという顔で立ち上がった。

「お前に協力を仰ごうとした俺が馬鹿だった。俺は一族のために、一人でも目的を成し遂げる」

そう吐き捨てると、大股《おおまた》で部屋を出ていった。

「焔良……」

桜羽が焔良を振り向くと、焔良は盛大な溜《た》め息をついて、長椅子の背にもたれた。

「あいつは直情的なところがあるからな……。何者かに言いくるめられたのだろう」

「旭緋さん、帝を京に帰すって言っていたけれど、具体的にどうするつもりなのかしら？」

焔良は、不安な表情を浮かべる桜羽を引き寄せた。

「そう心配するな。旭緋も頭領の一族の者だ。浅はかな真似はするまい」

安心させるように桜羽に微笑みかける。

「それよりも、奴の暴言、俺からお前に謝罪する。嫌な思いをしただろう？　悪かった」

旭緋が桜羽に向かって放った「半鬼半人の小娘」などという侮辱の言葉について言っているのだと察し、桜羽は軽く首を横に振った。

「気にしていないわ。あなたが謝る必要はない」

本音では気にしているし、悲しい。けれど、焔良に気を遣わせたくない。

微笑んで見せると、焔良は慰めるように、桜羽の体を抱く腕に力を込めた。

＊

新生華劇座の再開から、あっという間に一週間が経ち、最初の演目の公演が終わった。

当初ほど目まぐるしい忙しさはなくなり、桜羽は教師の仕事一本に戻った。

「桜羽先生！」

名を呼ばれ、他の子の手習いを見ていた桜羽が顔を上げて振り向くと、八歳の女の子が元気よく手を挙げていた。

「なぁに？」

「なんて読むのかわからないの」

ぱっちりとした目の愛らしい女の子は、矢草の娘の咲だ。

「どれどれ？」

桜羽が近付くと、咲は教科書の中の『以』という文字を指さした。

「これはね『い』と読むの」

桜羽は咲の石盤に石筆で『い』と書き込む。

「じゃあ、こっちは？」

「こちらは『ろ』よ」

順番に「は、に、ほ、へ、と」と文字を書いていく。石盤の半分まで文字を書くと、桜羽は咲に石筆を返した。

「真似をして書いてみてね」

「うんっ」

咲が真面目な顔で仮名文字を練習している様子を見守っていると、今度は別の少女から呼ばれた。

「桜羽先生、この漢字がわかりません」

「はい、ちょっと待ってね」

桜羽は机の間を通って少女のもとへ向かう。由子《ゆうこ》という名の少女が指さした漢字を見て「これはね……」と説明していると、教室の扉が開き、誰かが入ってきた。遅刻をして来た者を見て、桜羽は「あっ」と声を上げた。

「虎徹《こてつ》君！」

やんちゃな顔立ちの少年は、桜羽の姿を見て驚いている。虎徹という名の生徒で歳は十二だ。

桜羽は足早に、虎徹に歩み寄った。

「学校に来てくれたのね。登校してこなかったから心配していたのよ。帰りに、お家《うち》に様子を見に行こうかと思っていたのだけど――」

病気でもしているのだろうかと気にかかっていたが、見たところ元気そうだ。

ほっとする桜羽を見上げ、虎徹は険のある声で言い放った。

「どうして水礼《みれい》先生じゃなくてお前がいるんだよ！」

水礼というのは、この学校で働く鬼の女性教師だ。今日は体調が悪く休んでいて、桜羽が彼女の授業を代わっていた。

「水礼先生はお休みをしているの」

虎徹にそう教えると、虎徹はきついまなざしを桜羽に向けた。

「お前の授業なんて出ない！」

桜羽は、教室を出ていこうとした虎徹の腕を咄嗟《とっさ》に摑《つか》み、

「待って」

と止めた。

「せっかく来たのだもの。お勉強しましょう。授業の後は校庭で、皆でベースボールをする予定なのよ」

「皆でベースボール」と聞いて、虎徹は一瞬迷うような表情を見せたが、桜羽の手を振り払って叫んだ。

「嫌だ！　俺はお前が大嫌いだ！」

「……っ」

桜羽の息が一瞬止まる。

（やっぱり、そうなのね）

虎徹は、他の教師の授業は欠かさず受けるが、桜羽の授業だけは休みがちだった。桜

羽は、自分は虎徹に嫌われているのではないかと、薄々感じ取っていた。

「陰陽師《おんみようじ》のくせに、なんで俺たちの先生なんてやってるんだよ！　今日も母ちゃんが言ってた！『陰陽師は悪者だ。弟たちを殺した』って！」

虎徹の母親、榮子《えいこ》の弟家族は、陰陽寮の者に殺されている。

桜羽は以前、相談事があって焔良の邸《やしき》を訪ねてきた榮子と彼女の夫、達喜《たつき》に会ったことがある。その時の彼女は、まるで心臓を射貫かんとするかのような憎々しい目で桜羽を睨み付けていた。

「焔良様が言うから学校に来てやってるんだ！　でも、俺はお前の授業になんて出たくない！」

「虎徹君、それ以上、桜羽先生の悪口言ったら怒るから！」

由子が立ち上がり、虎徹に食ってかかった。

「そうだよ！　桜羽先生は優しいもん！」

咲までが桜羽を守るように虎徹に言い返す。

「桜羽先生を悪く言うな！」

「そうだそうだ！」

「でも、私はちょっと虎徹君の気持ちがわかるかも。私のお姉ちゃんは陰陽師に攫《さら》われて、怖い目に遭ったから……」

皆が口々に桜羽をかばったり、非難したりし始めて、教室内に混乱が起こる。

「皆、落ち着いて！」

桜羽は生徒たちを宥《なだ》めようとしたが、興奮している彼らは止まらない。するとそこへ男性教師がやって来た。

「なんの騒ぎですか？」

眼鏡を掛けた穏やかな外見の青年の名は碧叶《あおと》といい、学校開設当初から桜羽と共に働いている。

「碧叶先生！　虎徹君が桜羽先生を苛《いじ》めるんです！」

「いじめっ子はだめなんだよ」

由子と咲が訴えると、碧叶は虎徹の顔を見た。碧叶を慕っている虎徹はばつが悪くなったのか、教室を飛び出し、走り去っていった。

「あっ！　虎徹君！」

追いかけようとした桜羽を、碧叶が止める。

「桜羽先生も落ち着いて。虎徹君とは僕が話してきますので」

「でも……」

虎徹が憎んでいるのは桜羽だ。彼と向き合わなければならないのは、自分。

「今、あなたが行けば逆効果です。大丈夫。僕に任せてください」

碧叶に宥められ、桜羽は渋々頷《うなず》いた。

碧叶が虎徹を追っていき、教室に残った桜羽は、騒いでいる生徒たちに向かって、ぱんぱんと手を叩《たた》いた。

「皆、静かに。お勉強の続きをしましょう」

「はーい」

行儀よく返事をした生徒たちに、桜羽は語りかけた。

「以前、陰陽師は鬼の一族を怖い目に遭わせていた。それは本当のこと。お姉さんを怖い目に遭わせて、本当にごめんなさい」

桜羽は先ほど「お姉ちゃんは陰陽師に攫われて、怖い目に遭った」と話していた少女に謝った。

「今はもう、誰もそんなことをしないわ。——皆、私をかばってくれてありがとう。私、皆のことが大好き。もちろん、虎徹君のことも。他の先生たちと一緒に、皆が楽しく通えるような学校にしていこうと思っているから、これからもよろしくね」

そう言って微笑みかけると、生徒たちは素直に頷いた。


仕事を終え学校を出た桜羽は、帰途につきながら、今日の出来事について考えていた。

放課後、桜羽は碧叶に、虎徹があの後どこへ行ったのか確認した。

「校庭の隅に座り込んでいたので、一緒に座ってお話をしましたよ。桜羽先生のことを嫌いだと言いながらも、少しきまりが悪い顔をしていたので、口ほど大嫌いというわけではないのではないかなと、僕は思いました。あの子は、もともと人懐こい子ですしね」

碧叶は桜羽を慰めるようにそう言った後、言葉を続けた。

「学校も好きなんだと思いますよ。本当は毎日通って、皆と一緒に勉強したり遊んだりしたいんです」

「だから、他の先生の授業には来てくれるんですね」

桜羽の授業は休むことが多いが、碧叶と水礼の授業には、きちんと出席している。今日は皆に非難されていたが、他の生徒と特別仲が悪いというわけではない。

「問題は私の存在……なのですね」

何か工夫をすれば、虎徹も学校に来られるようになるだろうか。

(私が学校を辞めるというわけにもいかないから、虎徹君だけ私の授業はお休みしてもらって、他の先生に補講を頼むとか……。それだと、碧叶先生と水礼先生に迷惑をかけてしまうかしら……)

虎徹が楽しく学校に通えるような方法を考えたい。

彼の桜羽への拒否反応は、彼の両親、榮子と達喜の桜羽への——陰陽師への憎しみによるものが原因だろう。

(虎徹君の希望を聞くためにお話をしたいけれど、ご両親とも話し合いが必要だわ)

けれど、虎徹以上に、榮子と達喜は桜羽を拒絶するに違いない。

(どうしたらいいのかしら……)

途方に暮れながら、とぼとぼと歩く。

太陽は既に沈んでおり、空の色は朱から藍《あい》に変わりつつある。

「碧叶先生と話し込んでいたから、帰りが遅くなってしまったわ」

歩く速度を早めようとした時、前方から「返して！」と叫ぶ女性の声が聞こえてきた。

何事かと目を向けると、桜羽と同い年ぐらいの少女が歩道に倒れていた。ガラの悪い男がこちらに向かって走ってくる。男の手には、女物の巾着《きんちゃく》が握られていた。

（もしかして、ひったくり？）

桜羽は咄嗟に判断すると、男の目の前に立ち塞《ふさ》がった。

「止まりなさい！」

両手を広げて足を止めさせようとしたが、男は桜羽に突進してきた。突き飛ばされる前に男の足を払い、地面に倒す。素早く腕で首を押さえ、厳しい声で命じた。

「あなた、あの子の荷物を奪ったのでしょう？　返しなさい！」

ぐっと腕に力を込める。男は苦しそうに顔を歪《ゆが》め、巾着を手から離した。本気で失神させるつもりはなかったので腕を緩めると、男は桜羽を押しのけて逃げていった。

「巡査に突き出せばよかった」

独りごちながら、桜羽は巾着を拾って立ち上がった。先ほどの少女が駆け寄ってくる。

「すみません！　ありがとうございます！」

少女は桜羽のそばまで来ると、深々と頭を下げた。三つ編みに束ねた長い髪が、肩から前へ落ちる。

「たいしたことはしていないから、頭を上げて」

桜羽は、少女に「はい」と巾着を差し出した。

「ひったくりなんて大変な目に遭ったわね」

少女が巾着を受け取り、ほっとした様子で胸に抱く。

「この巾着、大切な人が買ってくださったものなんです。取り返していただいて、ありがとうございました」

もう一度、お礼を言い、少女が微笑む。

「日が暮れてからの女の一人歩きは危ないわ」

桜羽も女性だが、護身術の心得もあるし、陰陽寮時代は夜間巡回もしていたので、夜道を歩くのは抵抗がない。けれど、目の前の少女は華奢《きゃしゃ》でか弱そうなので、一人にしておくと、また、先ほどのような不埒《ふらち》者の標的にされてしまいそうだ。

「いつも診療所に来るおばあさんのお見舞いに行っていたら、遅くなってしまって……」

「お見舞い？」

「わたし、診療所で働いているんです。時々、先生のお使いで、患者さんのところへ行くことがあって」

少女がそう説明する。

「これから帰るところよね。家は遠いの？」

「はい。この近くです」

少女の家の場所を確認した桜羽は、気さくに提案した。

「よかったら、家の前まで送りましょうか？」

少女が「えっ」と驚きの声を上げる。

「そんなの申し訳ないです！」

「一人で帰すのは心配だわ。私、桜羽っていうの。月影桜羽」

「わたしは川上真歩《かわかみまほ》といいます」

桜羽の自己紹介を聞いて、少女も名乗る。

「真歩さん、じゃあ行きましょう」

先に立って真歩を促す。真歩は迷っていた様子だったが、桜羽に肩を並べた。

歩きながら会話を交わす。真歩は坂江《さかえ》という医者が営む診療所で、住み込みで働いているそうだ。年齢を聞くと同い年だとわかり、桜羽は真歩に対して親近感を覚えた。真歩もそうなのか口数が多くなり、二人の会話は盛り上がった。

住宅街の間をしばらく行くと、平屋の建物が見えてきた。

「あっ、ここです」

『坂江診療所』と書かれた看板が掛かった門の前で、真歩が足を止める。

「わざわざ送ってくださってありがとうございます」

真歩は、にこりと笑って丁寧なお辞儀をすると、心配そうに付け加えた。

「桜羽さんも気を付けて帰ってくださいね」

「ええ。ありがとう」

真歩に手を振り、桜羽は踵《きびす》を返した。「桜羽の帰宅が遅い」と、焔良も心花も心配しているだろう。

「早く帰らなきゃ」

桜羽の歩幅が自然と大きくなった。


桜羽と別れ、診療所に入った真歩は「遅かったな」と声をかけられ、「あ」という形に口を開けた。

住居となっている母屋《おもや》へ続く廊下を歩いてきたのは、若い男性。長い髪を首元でくくり、顔の左側には大きな眼帯をしている。

「透夜《とうや》さん」

辻村《つじむら》透夜は、真歩と同じく、坂江診療所に住み込んでいる青年だ。一年前、坂江が、命に関わるような大怪我を負っていた彼を連れ帰ってきた。何か事情があるのか回復した後も診療所に留《とど》まり、今は坂江の助手として働いている。

「ただいま戻りました」

「帰りが遅いと、坂江先生が心配していた。何かあったのか？」

「実は、文代《ふみよ》さんをお見舞いに行った帰りにひったくりにあったんです。この間、サーカスに行った時に透夜さんが買ってくださった巾着を盗《と》られそうになってしまったんですけど、ちょうど通りがかった女の子が取り返してくれました」

桜羽の強さを思い出し、真歩は瞳《ひとみ》を輝かせた。

「その子、走ってきたひったくりを転がして、地面に押さえ込んでしまったんです。すごく強くて、びっくりしてしまいました！　一人だと危ないからってわざわざここまで送ってくださったんですよ。優しい方でした。そのせいで帰りが遅くなってしまったけど、大丈夫だったかな……」

会話の中で、桜羽が帝都のどのあたりに住んでいるのか、おおよその場所は聞き出している。

「今度、お礼の品を持っていこうと思っています。大きな洋館に住んでいるんですって」

「その者の家の場所はわかっているのか？　私もついて行こう。真歩を助けてくれた礼を言いたい」

透夜の申し出に驚いたが、真歩はすぐに口元を綻《ほころ》ばせた。

「透夜さんも来てくださるんですか？　場所ははっきりわからないんですけど、洋館ってまだめずらしいし、近くまで行けばすぐに見つかるかも。わからなければ、誰かに『月影桜羽さんっていう女の子が住んでいるお邸《やしき》を知りませんか？』って聞いたら、知っている人もいそうだなって思うんです」

真歩が楽観的にそう言うと、透夜の表情が強《こわ》ばった。

「月影……桜羽……？」

「もしかして、透夜さんのご存じの方ですか？」

「いいや。知らない」

透夜の返答は早かった。彼が桜羽の名に驚いたように見えたのは、気のせいだったのだろうか。

「真歩。とりあえず今は坂江先生に顔を見せて、安心させてさしあげたほうがいい」

「あっ、そうでしたね。わたし、先生に『帰りました』って伝えてきますね」

真歩は透夜に軽く手を振ると、足早に母屋へ向かった。

＊

「桜羽様、このあたりの薔薇《ばら》が特に綺麗《きれい》に咲いていています！」

「心花。走ると転《こ》けるぞ」

焔良の邸の薔薇園で桜羽と一緒に花を摘んでいた心花に、庭の手入れをしていた栄太《えいた》が声をかけた。

栄太は、先の外務大臣が主催していた闇のオークションで売り飛ばされかけていた鬼の少年だ。両親は陰陽師《おんみょうじ》に殺されており、焔良は行き場のなかった彼を引き取って、この邸の下働きとしての仕事を与えていた。心花はかつて栄太に命を助けられたことがあり、彼をとても慕っている。

「あっ」

栄太の注意は一息遅く、心花は落ちていた石に躓《つまず》き、ぽてっと転けた。その瞬間、女の子の姿が消える。

「心花！」

桜羽は慌てて駆け寄ると、地面に突っ伏している子狸をひょいっと抱き上げた。本来の姿に戻ってしまった心花の毛皮についた土を払ってやる。

栄太が歩み寄ってきて、

「心花はおっちょこちょいだなぁ」

と呆《あき》れる。

「栄太様が急にお声をかけるからです！」

尻尾《しっぽ》をふくらませて怒る心花が可愛くて、桜羽と栄太は顔を見合わせて吹き出した。

「もうっ、桜羽様まで笑わないでくださいっ」

「ごめんね、心花。あなたが可愛いから……」

桜羽は薔薇園に置かれた椅子に腰を下ろすと、心花を膝《ひざ》の上に乗せた。背中をゆっくりと撫《な》でる。心花は気持ちよさそうに、鼻をひくひくさせている。

爽《さわ》やかな風に心地よく吹かれていたら、栄太が気を利かせて、

「桜羽様、外は暑くありませんか？　何か冷たい飲み物でもお持ちしましょうか？」

と尋ねた。

「そうね……」

栄太に答えようとした桜羽は、サンルームを横切って行く鬼の青年の姿に気付き、言葉を止めた。

(朱士さんだわ)

短髪で凛々《りり》しい顔立ちをした朱士は、仕事上でも私生活でも、焰良の右腕として働いている。

「何か用事で来たのかしら?」

朱士は毎日、仕事へ行く焰良を迎えに来るが、今日は華劇座の休演日で、焰良の本業である金貸し業のほうも店を閉めているはずだ。

心花を抱いたまま、サンルームに入った桜羽は、朱士に声をかけた。

「朱士さん!」

「桜羽様」

桜羽に呼び止められて立ち止まると、朱士は綺麗なお辞儀をした。

「ご機嫌はいかがでしょうか?」

「機嫌はいいけれど……そんなに堅苦しくしないでちょうだい」

焰良の邸へ来た当初、鬼の仇《かたき》の陰陽師として、朱士は桜羽に敵意を持っていた。けれど、鬼の子供たちを闇のオークションから助けた一件で態度が軟化し、桜羽が焰良の婚約者となってからは、さらに対応が丁寧になった。

「いえ。桜羽様は、焔良様と将来を約束された方ですので」

「あなたにそんなふうにかしこまられると、くすぐったいの。最初のようにツンツンされたら悲しいけど、もっとあなたらしく接してくれると嬉《うれ》しいわ」

桜羽がそう頼むと、朱士は目を細めて微笑んだ。

「左様でございますか。気を付けます」

その言葉遣いが既に丁寧すぎると、桜羽は苦笑いを浮かべる。

「それはそうと……今日はなんの用事で来たの？」

「焔良様に緊急に呼ばれまして」

「何かあったの？」

「いただいた通信では、政府から書状が届いたと」

朱士の表情が引き締まる。

（政府から書状ですって？）

不穏な予感がして桜羽は心花を床に下ろすと朱士に言った。

「私も一緒に行くわ」

朱士と連れだって焔良の部屋へ向かう。扉を叩《たた》くと「入れ」と声が聞こえた。

「焔良。朱士さんが来たわ」

朱士と共に部屋の中に入ってきた桜羽に気付き、書斎机で書状を読んでいた焔良が顔を上げた。

「桜羽も来たのか」

　焔良はめずらしく、羽織袴《はおりはかま》姿だ。

「政府から書状が届いたと聞いたの。何か問題が起こったの？」

鬼の討伐をやめたといっても、政府は完全にこちらを信用したわけではなく、焔良も様子を探りながら付き合っている。あまりあれこれと要求をすると警戒されるので、こちらから政府に働きかけるのは最小限、あちらも鬼側に干渉すれば無理難題をふっかけられるとでも思っているのか、普段は何も言ってこない。

そんな政府から書状が届いたなど、よい内容であるようには思えない。

「私も聞いていい？」

「かまわない」

焔良が許可を出し、桜羽は書斎机に歩み寄った。朱士も付いてくる。

焔良は目の前まで来た二人に書状を差し出した。

「内閣総理大臣、御手洗卿《みたらいきょう》から直々に呼び出しが来た」

桜羽は書状を受け取ると、素早く文面に視線を走らせた。『至急、鬼の頭領殿に面会を申し入れたし』と書かれている。

「至急？　……なんの用事なのかしら？」

「ここには詳しくは書かれていないが、俺自身には呼び出される心当たりがない」

「と、言いますと？」

桜羽が渡した書状を読んだ朱士が尋ねる。

焰良は二人の顔を交互に見て、憂鬱《ゆううつ》そうに溜《た》め息をついた。

「旭緋が政府に対して何か働きかけたのではないかと考えている」

「あっ！　もしかして……」

桜羽は、旭緋が「帝を京に帰す。焰良も協力してくれ」と言って、この邸を訪ねてきたことを思い出した。

「帝に会いたいって要求したとか？」

帝の祖先は、天津国から地上へ降り立った神だと言われている。現人神《あらひとがみ》と言われている高貴な人物に、最近まで敵対関係にあった鬼が対面を許されるのは難しいだろう。

「俺は今から内務省に行く。朱士、送ってくれ」

「承知しました」

「私も行くわ！」

桜羽が身を乗り出すと、焰良はすぐに「わかった」と頷《うなず》いた。

「桜羽も一緒に来てくれ」

一年ぶりに対面した内閣総理大臣、御手洗卿は、焰良と桜羽の顔を見ると椅子から立ち上がり、

「ようこそ、鬼の頭領殿。月影家のご令嬢」

と挨拶《あいさつ》をした。

御手洗は、年の頃は四十代半ば。立派な口髭《くちひげ》を生やした威圧感のある人物だ。

「貴殿と顔を合わせるのは久しぶりだな、御手洗卿」

焔良が応《こた》える隣で、桜羽は御手洗にお辞儀をした。

二人が通された会談室には、御手洗の秘書と護衛の者が二名、そしてもう一人――

「宮内省の宮内大臣を務めております、尼見宗関《あまみそうせき》と申します」

御手洗よりも年上で、白髪が上品な男性が淡々とした口調で名乗った。

宮内省は皇室事務を司《つかさど》る省庁であり、宮内大臣は宮内省の長官だ。宮中と行政各官庁は区別されており、宮内大臣は内閣から外れ、国務には関わっていない。

「俺は焔良という。鬼の一族を統べている」

焔良が尼見に自己紹介をしたので、桜羽も「月影桜羽です」と言って頭を下げながら、内心で疑問に思う。

(宮内大臣がどうしてここに？)

「まあ、かけてくれたまえ」

御手洗に促され、桜羽と焔良が椅子に腰を下ろすと、御手洗と尼見も向かい側に座った。

「あなたに伺いたいことがあってご足労いただいた」

「なんだろうか？」

探るようなまなざしで話し始めた御手洗に、焔良は表情を変えずに尋ねる。

御手洗は尼見に目を向けた。尼見が一つ頷き、机上の文箱《ふばこ》の蓋《ふた》を開け、中から書状を取り出した。縦に折られた紙を広げ、焔良の目の前に置く。

「手に取っても？」

「かまいません」

尼見に許可を得て書状を手にし、焔良が文面に視線を走らせる。彼の表情が次第に険しくなるのを、桜羽は不安な気持ちで見つめた。

「焔良、なんて書いてあったの？」

机に書状を戻した焔良に小声で尋ねると、焔良は、

「旭緋が宮内省に出した手紙だ。……帝への対面を申し入れている」

と答えた。

予想が当たり、桜羽は息を呑《の》んだ。

「焔良殿。こちらの旭緋という者は、鬼の一族の者で間違いないだろうか？　何故、帝にご対面を申し込まれた？　これはあなたの――鬼の一族からの要望か？　我々は、過去のしがらみを水に流し、あなたの要求を吞み、友好の道を選んだ。だというのに政府だけでなく、今度は帝に何を要求されるつもりか？」

御手洗が厳しい口調で問いかける。

「この書状の内容は、俺の意思ではない。恥ずかしながら、俺の従弟《いとこ》――旭緋の単独行

動だ」

苦々しい表情で答えた焔良の言葉が真実なのか探るような目で、尼見が口を開く。

「旭緋殿はどのような目的で帝にお目通りを願っておられるのですか？」

桜羽はハラハラしながら焔良を見つめた。

焔良はまっすぐな視線を御手洗と尼見に向けると、はっきりとした口調で言った。

「申し訳ないが、わからない。旭緋が何を思ってこのような愚行に走ったのか、何も聞いてはいない」

(焔良は旭緋さんをかばうつもりなのね)

帝に京に戻ってもらい、政権を明治政府から帝の手に返すという旭緋の目的を正直に伝えれば、お互いを信じ切れないまま、かろうじて保っている鬼と政府の関係が崩れてしまう。

「頭領であるあなたが一族の行動を把握していないとは、いかなることでしょうか」

尼見の言葉遣いは丁寧だが、言外に「怠慢ではないか」と言っているのが察せられる。

不信感をあらわにする御手洗と尼見に向かって、焔良がきっぱりと言い切る。

「鬼の頭領として、この申し入れを撤回する。帝と政府に要らぬ不安を与えた旭緋は、俺が責任を持って罰する」

「その言葉、信じてよいのですか？」

尼見のまなざしには、未《いま》だ疑いの色があったが、焔良は深く頷いた。

「内閣総理大臣、鬼の頭領はこう言っておられますが？」

尼見に結論を促され、眉間《みけん》に皺《しわ》を寄せていた御手洗は、組んでいた腕をほどいた。

「我々とて、あなたたちと争いたいとは思っていない」

「それはこちらも同じだ。今後も、明治政府とは良き関係を築いていきたいと考えている」

焔良は御手洗に手を差し出したが、御手洗はその手を取らず、椅子から立ち上がった。

「本日はご足労いただき、感謝する」

御手洗が桜羽と焔良に背を向け、秘書を連れて会談室を出ていくと、尼見も二人に一礼し、その後に続いた。

警備の者たちも姿を消し、会談室に取り残された桜羽と焔良は顔を見合わせた。

「この状況は、あまりよくないわよね」

「旭緋を信じて放置したのは俺の落ち度だ。急いでここを出よう。帝都にある叔父上《おじうえ》の邸《やしき》に向かう」

厳しい表情を浮かべる焔良に、桜羽は、

「もちろん私も行くわ」

と頷いた。

焔良の叔父で旭緋の父である海棠《かいどう》は京で暮らしているが、以前は帝都に住んでいたらしく、今でも邸が残っているそうだ。

朱士に馬車を急がせ、海棠の邸に到着すると、焔良は足早に門へ向かった。

邸は和館と洋館から成っているのか、板塀の向こう側に二階建ての洋風建築が見える。

門には金属製の錠が付いていた。ドンドンと叩《たた》いてみるが、誰も出てこない。

「女中や下男はいないのかしら？」

「この邸は、今は空き家になっている。旭緋が帝都に滞在するなら、ここしかないと思ったのだが……」

焔良は顎《あご》に指をかけて考え込んだ後、桜羽を振り向いた。

「強硬手段を取る。桜羽、協力してくれ」

「何をするつもりなの？」

物騒な言葉に不安になりながら尋ねると、焔良は口角を上げた。

「錠を溶かす」

「ええっ？」

「開かないなら、壊すまで。門まで燃えないよう、桜羽は水の呪《まじな》いで、適当なところで炎を消してくれないか？」

「確かに、強硬手段ね……」

桜羽は呆気《あっけ》にとられたが、焔良は既に手のひらに炎を生じさせている。

「燃えろ」

腕を前に突き出し、焔良が炎を放つ。

錠がどろりと溶けた後、桜羽は胸元に忍ばせていた呪い札を取り出し宙に放った。

「北方より生じたる水気《すいき》よ、玄武の力で炎を消して！」

呪い札が水球に変じ、炎を包み込む。

（突然必要になることがあるかもしれないから、呪い札は普段から何枚か携帯するようにしているけど、今日も持ってきていてよかった）

呪い札は、陰陽師《おんみょうじ》が五行を使う時に使用する、気を込めた札だ。

炎が消え、焔良が門に手をかける。

「ありがとう、桜羽。助かった。さあ、行こう」

先に立って敷地内へと入っていった焔良の後を、桜羽も追う。前庭を抜けて玄関に向かうと、こちらの戸はすんなりと開いた。

邸内に入ると、焔良は、

「旭緋、いるか？」

と、大声で呼んだ。けれど、邸内はしんと静まり返っていて、誰の気配も感じられない。

隅々まで捜したが旭緋の姿はなく、ただ、厨房《ちゅうぼう》に汚れた食器が残っているだけだった。

「焔良、旭緋さんは確かに最近までここにいたみたいよ」

別の部屋を捜していた焔良に桜羽が声をかけると、焔良は座敷の隅に置かれている文《ふ》机《づくえ》を見下ろしていた。

「どうしたの？」

そばへ行って焔良の視線の先に目を向ける。文机の上には文鎮で押さえられた紙が置かれており、ただ一言『俺は目的を果たす』とだけ書かれていた。

「これって、旭緋さんの筆跡……？」

「そうだ。おそらく、俺に向けた宣言だ」

「旭緋さんは、焔良がここに来ることを予想していたということ？」

「宮内省に手紙を送った時点で、俺のもとへ政府から呼び出しがかかると推測していたのだろう」

「もしかして、旭緋さんは焔良を試していたの？」

焔良が旭緋の手紙に乗り、帝との対面を交渉するのか、あれは旭緋の独断であり、鬼の頭領である焔良の意思ではないと弁明するのか、賭《か》けに出たというところだろうか。

「旭緋さんはどこへ行ってしまったのかしら？」

「まだ帝都に滞在しているはずだ。今後、旭緋がどう出るかわからない。捜し出して止める」

焔良は書き置きを手に取り二つに裂いて放ると、足早に玄関に戻った。

同じ頃、海棠の邸から少し離れた場所にある寺で、本堂の階段に腰掛け空を眺めていた旭緋は、あやかしの気配を感じて視線を向けた。目の前につむじ風が渦を巻いている。

「戻ってきたか」

つむじ風に声をかけると、風は鼬《いたち》の姿へと変わり、階段にトンと飛び降りた。

「鎌鼬《かまいたち》。焔良は邸に来たか？」

旭緋が問うと、鎌鼬は口に咥《くわ》えていた紙を旭緋に差し出した。それを受け取り、旭緋はすっと目を細める。旭緋の書き置きは半分に千切られていた。

「ハッ！」

鼻を鳴らし、旭緋はぐしゃぐしゃと紙を丸めた。

「焔良は、やはり軟弱になった」

ゴミとなった書き置きを前方に放る。

旭緋が宮内省に手紙を送ったところで、帝との対面が叶《かな》うとは元より考えてはいない。ただ、鬼の頭領である焔良なら可能性はあるかもしれないと思っていた。焔良が旭緋の意図を汲《く》んで帝への対面を強く申し入れたなら、焔良のもとに戻り、彼と共に帝を京へ帰す計画を練るつもりだった。

「焔良は頼りにならない。俺一人で目的を成し遂げる。――いや、待てよ」

旭緋は顎に指を当てた。

（帝都の鬼が人に受け入れられつつあるとはいえ、皆が皆、政府や陰陽師への恨みを忘れたわけではないだろう。彼らに働きかけて、こちらに引き入れることができれば、味方を増やせる。これから何をするにしても、頭数は多い方がいい。焔良に不満を持っている者を探そう。だが、当面の問題は、滞在場所を見つけなければならないことだな。親父の家には戻れない。さて、どうするか)

階段から立ち上がり、一段一段降りる。

境内を出ようとした時、旭緋は、参道で声を張り上げている青年がいることに気が付いた。

「『明治政府は一部の者たちが権力を握っているが、世は国民が選んだ代表によって治められるべき』――そう訴えた先人たちの働きかけにより、帝の名のもと、国会開設が約束された。だが昨今まで、欧化政策だ、鹿鳴館《ろくめいかん》だと言って、権力者たちは贅沢三昧《ぜいたくざんまい》をしていた挙げ句、外務大臣の不祥事で、未《いま》だ不平等条約は改正されていない！　そのような不甲斐《ふがい》ない政府に、大切な国会開設を任せてよいものだろうか？　政治は国民が自ら行うべきであり、我々こそが、主導者であらねばならないのではないか？」

唾《つば》を飛ばす勢いで演説している青年のまわりには人々が集まっており、真面目に耳を傾けたり、「そうだそうだ」と合いの手を入れたりしている。

青年は学生か書生といった雰囲気で、かなり若そうだ。シャツの上に着物を重ね、袴《はかま》をはいた和洋折衷の恰好《かっこう》をしている。

「自由民権思想かぶれの大学生か？」

興味を引かれ、旭緋が青年に近付こうとした時、

「その者！　何をしている！」

鋭い警笛の音が鳴り響き、巡査が二人駆け寄ってきた。

蜘蛛《くも》の子を散らすように、人々が去っていく。青年は毅然《きぜん》とした表情でその場に留《とど》まっていたが、旭緋は彼と巡査の間に立ち塞《ふさ》がると、

「鎌鼬！」

と、叫んだ。旭緋に呼ばれたあやかしが姿を現し、つむじ風を放つ。

「な、なんだ？　うわあっ！」

巡査たちが悲鳴を上げ、舞い上がる土埃《つちぼこり》から両腕で顔をかばった。制服の袖《そで》やズボンが裂ける。太ももや足首から血が飛び散り、彼らはその場に膝《ひざ》をついた。

何事が起こったのかわからず、動揺している青年の腕を、旭緋は掴《つか》んだ。

「お前、こっちへ来い！」

「あ、あなたは？」

上擦った声で尋ねる青年に、旭緋は厳しい口調で命じた。

「いいから、走れ！」

「は、はいっ！」

旭緋に引っ張られ、青年がつんのめりそうになりながら走る。

二人は参道を駆け抜けると、境内を飛び出した。

第二章

数日間降り続いていた雨は今朝になって止《や》み、久しぶりの晴れとなった。

今日は学校の休業日で、桜羽の仕事も休みだ。

桜羽が待ち合わせ場所である上野公園の辯天《べんてん》堂に行くと、斎木は先に来ており、桜羽の姿を見つけると手を振った。

「久しぶり、桜羽さん」

「斎木君！」

斎木のもとへ駆け寄る。

「相談があるから聞いてほしい」と桜羽のほうから連絡し、会う約束をしていたのだ。

一年前は桜羽とそれほど背の高さの変わらなかった斎木は、今や桜羽を見下ろす身長で、以前より顔立ちも大人っぽくなっている。

「ごめんなさい。待った？」

手を合わせて謝ると、斎木は「ううん」と軽く首を横に振った。

「俺もさっき来たところ。とりあえず、お参りする？」

「そうね」

肩を並べて本堂の前に立つと、二人は合掌して目を閉じた。

弁才天《べんざいてん》に祈り終えた二人は不忍池《しのばずのいけ》に架かる橋を渡り、公園方向に足を向ける。

池に生い茂る蓮《はす》には蕾《つぼみ》がついている。水無月《みなづき》も下旬になれば、一斉に開花するだろう。

池のまわりをのんびりと歩きながら、斎木が口を開いた。

「手紙に『相談がある』って書いてあったけど、どうしたの？　何かあった？」

今日の用件についてどのように切り出そうか悩んでいた桜羽に、斎木が尋ねる。

「ええとね……」

桜羽はもじもじと両手の指を絡めた。相談したい気持ちはあるが、言いにくい。

躊躇《ためら》っていると、桜羽の様子で気付いたのか、斎木が、

「恋愛相談？」

と核心を突いた。

「えっ、あっ、ど、どうしてわかったの？」

明らかに動揺している桜羽を見て、斎木が朗らかに笑う。

「顔に書いてあったから」

「嘘っ」

桜羽は思わず両手で頬を押さえた。

「桜羽さんは普段は凛々《りり》しいのに、色恋のことになると、途端にうぶになるよね」

「そ、そんなことはっ……」

からかう斎木に言い返そうとして、桜羽は語尾を濁らせた。彼は見事に図星を突いてきたから。

桜羽は気持ちを落ち着けるように、胸に手を当て深呼吸をした。今から一世一代の告白をするような大げさな様子に、深刻な相談なのかと斎木の表情が引き締まる。

「あのね、斎木君。お、男の人って……結婚前の婚約者にすぐに口づけするものなの？」

「は？」

桜羽の相談内容が意外だったのか、斎木は鳩が豆鉄砲を食ったような顔をした。

彼の反応を見て恥ずかしさがこみ上げ、桜羽は早口で続けた。

「斎木君もしてる？」

「お、俺？」

桜羽の問いかけに、斎木が動揺する。にわかに赤くなった顔を見て察する。

「斎木君もやっぱりするんだ。それが普通なのね」

(私が知らなかっただけなんだ。焔良に口づけされるたびに恥ずかしがっていたけれど、それが普通なら、もっとどーんとかまえないと。いつまでもうぶでいたらだめよ、桜羽)

心の中で自分に言い聞かせる。今度、焔良に口づけされた時は、余裕の表情でいられるように頑張ろう。

胸の前で両手を握り決心している桜羽に、斎木が焦った様子で弁明する。

「し、したことはあるけど、一度だけだから！」

「えっ？　一度だけ？」

愕然《がくぜん》とした桜羽を見て、今度は斎木が察したのか、

「あ、桜羽さんは一度だけじゃないんだ……」

と、目を丸くした。

「わ、私、日頃から普通にするものなのかなって、その……」

動揺している桜羽が可笑《おか》しかったのか、斎木が「ふふっ」と笑う。

「さすが、鬼の頭領。やるなぁ」

「～～～っ」

恥ずかしさで頰が火照る。桜羽は両手で顔を覆った。

「陰陽寮《おんみょう》時代は勇ましい桜羽さんばかり見ていたから、そういう顔、新鮮だな。鬼の頭領は、桜羽さんの可愛いところをよく知っているんだろうね」

「斎木君、それ以上からかわないで」

桜羽は指の間から斎木を覗《のぞ》き、弱った声で懇願する。

「ごめんごめん」

悪びれていない様子で斎木は軽く謝った。

「斎木君だって、婚約者の可愛いところをたくさん見ているのでしょう？」

桜羽が反撃すると、斎木は照れくさそうに頭を掻《か》いた。

「うん。彼女はとっても可愛いよ」

そう言った後、桜羽からふっと視線を逸《そ》らし、宙を見上げる。

「まさか桜羽さんと一緒に好きな人の話をする日がくるとは思わなかったなぁ」

「私もよ」

桜羽は顔から手を離して斎木を見た。斎木は穏やかな表情で続ける。

「たぶん、桜羽さんが思っている以上に、俺は驚いているんだよ」

思わせぶりな言葉の意味がわからず首を傾げた桜羽に、斎木が微笑みかけた。

「気にしないで。ただのひとりごと。——あっ、ほら見て、桜羽さん。博覧会の門だ」

話題を変えるように斎木が指さした先に目を向けると、一週間後から開催予定となっている内国勧業博覧会の会場入り口となる門が立っていた。

「今日は、中に入れないわよね？」

柵《さく》で封鎖されているアーチ状の入り口から中を覗くと、まっすぐに通路が伸びており、両側に建物が見えた。

「会期も始まっていないし、無理だろうね。俺は彼女と見学に来るつもりだけど、桜羽さんは？」

内国勧業博覧会は、政府が行う産業振興の催しだ。工業、美術、農業、水産、教育、機械など、様々な分野から出品物が集められ、展示される。

「たぶん、来ると思うわ」

焔良は新し物好きなので、始まったら「行こう」と言いそうだ。

「博物館は第二回の博覧会の時に建てられた建物を、そのまま使うらしいね。確か、鹿鳴館を建築したのと同じ外国人が設計したんだったかな」

うろ覚えの知識を披露する斎木に、桜羽は「そうなのね」と相づちを打った。

（鹿鳴館か）

先の外務大臣が失脚し、鹿鳴館外交は幕を下ろした。連日のように宴《うたげ》が開かれていた時代は、今や過去のものだ。

政府は二年後には国会を開設する準備をしている。

明治の初期、少数の有力者による専制政治を批判し、人民を政治に参加させるように求め、始まった自由民権運動だが、その後の活動により、政府が国会開設の勅諭を出すこととなった。それもあり一旦《いったん》は気勢を削《そ》がれた民権派だが、デフレにより各地で暴動事件が起こり、国会開設も間近となった今、再び政府への批判が激しくなりつつある。

桜羽も時折、街頭で演説をしている民権家を見かけていた。

（鬼と政府の関係だけでなく、民衆と政府の関係も複雑ね……）

桜羽は、これからどんな未来が来るのだろうかと、想像を巡らせた。

半刻《はんとき》ほど、斎木と上野公園をぶらぶらしながらおしゃべりをした後、彼と別れた桜羽は、道端で休んでいた人力車の俥夫《しゃふ》に声をかけた。

今日はこれから行かねばならない場所がある。

（気が重いけれど……）

行き先を告げると、よく日に灼《や》けた逞《たくま》しい体つきの俥夫は愛想よく「承知しました」と答えた。

桜羽を乗せた人力車は軽快に走り、思っていたよりも早く目的地に到着した。

俥夫にお礼を言って代金を払う。

人力車が走り去ると、桜羽は立派な門を持つ邸《やしき》を振り向いた。――月影家本邸。かつて、桜羽が冬真と共に暮らしていた邸だ。

これから、この邸で行われる話し合いについて考え、憂鬱《ゆううつ》な気持ちになる。

（でも、行かないと）

桜羽は気を引き締め、門をくぐった。

玄関へ続く前庭には、落ち葉が散らばっていた。木々は育ちすぎ、以前は綺麗《きれい》に整えられていた枝も、四方八方に伸びている。新緑の下を歩きながら、ふと寂しい気持ちになった。

（今は誰も住んでいないものね）

月影家本邸は、今は空き家になっている。住み込みで働いていた女中や下男の姿もない。桜羽が焔良の邸へ移る時に、希望する者には仕事を探し、そうでない者は郷里へ帰したからだ。

誰も住まない家は荒れていくという。

(いつまでも、このままにしておくわけにもいかないわ。そのうち誰かに譲るか、売却するか考えないと)

今は無人の月影家本邸だが、三ヶ月に一度だけ開く時がある。

月影氏流の主要な家柄が集まり、会合が行われる日だ。

玄関から数寄屋《すきや》造りの邸へと入る。

誰かが早く来て埃《ほこり》を掃いておいたのか、廊下はそれほど汚れてはいなかった。

まっすぐに大広間に向かう。襖《ふすま》は開いており、座敷に足を踏み入れると、そこには月影氏流の一族が一堂に会していた。

桜羽は彼らに向かって軽く頭を下げた。

「皆様、お久しぶりでございます」

一族の視線が一斉に桜羽に注がれる。

「桜羽様、こちらへ」

最も上座に近い場所に座る、羽織袴《はおりはかま》姿の年配の男性が桜羽を促した。

桜羽は背筋を伸ばして皆の間を通ると、空席となっていた上座に座った。雑談でざわめいていた大広間は、既に静まり返っている。

先ほど桜羽に声をかけてきた年配の男性、野分時彦《のわきときひこ》が皆を代表して、桜羽に挨拶《あいさつ》を述べた。

「桜羽様にはご機嫌麗しくございますでしょうか。このたびもご足労いただき、感謝申し上げます」

時彦は、桜羽から見て、母方の祖父（月影家の先々代頭領で朔耶の父）の弟にあたる人物だ。祖父は三兄弟の長男で、冬真の父が次男、時彦が三男だ。祖父が月影家本家を継いだので、時彦は野分家に養子に入ったらしい。冬真の父は月影家に残っていたが、既に死去している。

時彦には娘が二人いるが、結婚して家を出ているので、この場には来ていない。

他には冬真の母方の親戚《しんせき》筋の者が出席している。遠い間柄の者ばかりだが、月影氏流を支える人々であることには違いない。

その中に、志堂《しどう》という名の一族も混じっていた。穏やかな表情の夫婦は、冬真の幼なじみであり、陰陽寮の副官だった志堂逸己《いつき》の両親である。

志堂家も遡《さかのぼ》れば月影家を祖とするが、桜羽から見た関係はかなり遠い。

「本日の定例会合を始めさせていただきます」

時彦がまずは野分家の近況を報告する。

時彦は先々代の弟ではあるものの、陰陽師としての神力は持っていない。養子に出されたのは、そのせいでもある。今は野分家の義父が営んでいた野分活版製造所という印刷機械製造の会社を継いでいる。桜羽を除けば最も本家に近い立場であり、資金面から月影氏流を支えていることもあって、一族の中で発言力が強く、会合では司会進行役を務めている。

野分家の後、本家に近い一族から順に近況報告がされる。陰陽寮《おんみょう》の解散後、軍部に入った者や、企業に就職した者もいるが、概《おおむ》ねが無職だった。

陰陽術が使えなくとも資産のある時彦や、別の仕事に就いた元陰陽寮の者たちはともかく、かつて天文観測や暦の作成の方面で力を発揮していた一族は、職掌を政府の機関に奪われてからは、たいして仕事もせず、月影本家の恩恵で生活をしてきた。月影本家が陰陽寮長官職を失い、政府の間諜《かんちょう》・暗殺者としての立場を放棄した今、彼らの生活を保障できるほどの収入はない。今まであてにしてきた月影本家からの援助が期待できなくなり、今後どのように生活していけばよいのか、模索をしている最中……というよりも、混乱している状態といったほうがいいかもしれない。

「――となっております」

時彦は一族たちの話をまとめた後、桜羽を振り向いた。

「桜羽様、何か御言葉を賜れますか?」

時彦に求められ、桜羽は目を伏せ、首を横に振った。

「……私からは、特にありません」

桜羽の答えに、一同がざわめく。

「静粛に」

時彦は皆を鎮めると、体ごと桜羽に向き直った。

「桜羽様。そろそろお気持ちを固めてくださいましたでしょうか？」

まっすぐに桜羽を見つめ、静かな口調で問う。

桜羽は断固たる態度で答える。

「私の気持ちは変わりません。私には月影家——月影氏流の頭領を継ぐ意思はありません」

何度、この言葉を口にしただろう。

冬真の生死が不明となり、月影氏流は頭領を失った。現在、最も本家に近い位置にいる男子は時彦だが、彼は一貫して、直系であり、類い稀《まれ》な力を持つ桜羽が頭領にふさわしいと主張していた。

野分家の当主に強く主張されると、他の一族が意見することは憚《はばか》られる。

桜羽は、三ヶ月に一度、こうして本邸に呼び出され、「頭領を継げ」と時彦から迫られているのだった。

(私は焔良のそばで、鬼の一族のために生きると決めた。月影家へ戻る気はない。それに、月影氏流の頭領を継げば、政府の闇の仕事を請け負わされる可能性がある。冬真様や歴代の頭領たちは、政府の命令で人の命を奪ってきた。負の連鎖は、私が終わりにしなければ)

「私は、本家に戻るつもりはありません」

もう一度、はっきりとした声音で告げた桜羽に対し、時彦が「それなら」と話を続ける。

「あなたはなぜ、律儀に我らの会合に出席なさるのですか？」

「それは……」

桜羽はその先の言葉を濁した。

（冬真様の行方を摑《つか》む手がかりが得られないかと思うから……）

冬真の亡骸《なきがら》は見つかっていない。

生きているのか、それとも既にどこかで死んでしまったのかもわからない。

（冬真様がどうなったのか知りたい）

そうでないと、桜羽の胸の中で燻《くすぶ》り続けている後悔は消えない。

焰良の手前、桜羽自身が積極的に冬真を捜すことは躊躇《ためら》われる。焰良に、桜羽が月影家と今でも関係があり、本家に戻っていることも知られたくない。

（余計な心配をかけたくない。でも……）

月影氏流と関わっていれば、冬真の生死について何かわかるかもしれない。

桜羽が月影氏流の頭領となれば、一族を動かす力を得られる。一族を指揮して冬真の捜索を行うこともできるだろう。

冬真の行方を調べるためには、それが一番手っ取り早い方法だとは思うが……。

桜羽はきゅっと唇を引き結んだ後、再び口を開いた。

「申し訳ありませんが、あなた方の要求は吞《の》めません」

桜羽に注がれる一同の視線が冷ややかなものになる。

月影家の直系として表向きは敬いながらも、本音では、彼らは、女の身であり鬼の血を引く桜羽を蔑視《べっし》しているのだと肌で感じられる。月影氏流を現在のようにしたのは、お前と鬼のせいなのだから責任を取れと……。

「……失礼致します」

桜羽は丁寧に一礼すると立ち上がり、毅然《きぜん》とした態度で大広間を後にした。

月影家本邸を出た桜羽は思わず、溜《た》め息交じりに、

「疲れた……」

と漏らした。

月影家の一族の中では、朔耶は、不甲斐《ふがい》なくも鬼に攫《さら》われ、あまつさえ鬼の子供を産んだ一族の恥とされている。実際は、朔耶は桜羽の父、瑞樹と恋に落ち、自ら月影氏流を離れて駆け落ちし、瑞樹との間に授かった桜羽を大切に育てながら、温かな家庭を築いていた。

一族の者たちは真実を知らない。「朔耶の娘であり、鬼の血を引く子」として、桜羽を軽んじている彼らの前で矜持《きょうじ》を保つのは精神が削られる。

「お腹空いたな……」

午前中は斎木と会っていた。その後、すぐに月影家本邸に向かったので、昼餉《ひるげ》を取っ

ていない。

「お蕎麦《そば》でも食べて帰ろうかな。でも今食べたら、心花が作ってくれる夕餉《ゆうげ》が入らないかも……。軽食がいいわね。――あっ、そうだわ！」

桜羽は、ぱんと手を合わせた。

「川村屋《かわむら》のあんぱんを買いに行こう！」

元は西洋の食べ物だったパンを、日本人の口に合うよう独自の方法で作り、あんこを入れたものがあんぱんだ。桜羽の好物でもある。

あんぱん、と考えた瞬間、腹が鳴った。

甘いものを食べて疲れを取りたい。

「焔良と心花と栄太の分も買って帰ろう」

最近の焔良は忙しそうで、疲れた顔をして帰ってくることが多い。旭緋の行方も未《いま》だわからず、そちらの心労も溜《た》まっているのかもしれない。

(甘いものを食べたら、少しは心が休まるかも)

それに、お土産を持って帰れば、心花も栄太も喜ぶだろう。

川村屋に到着し、店内へ入ろうとした桜羽は、見覚えのある少女とすれ違い、「あっ」と声を上げた。少女が振り返り、桜羽を見て目を丸くする。

「桜羽さん！」

「真歩さん！」

二人は駆け寄ると、同時にお互いの名前を呼んだ。

「こんなところでお会いできるなんて奇遇ですね」

真歩が嬉《うれ》しそうに笑う。

「あの夜のお礼をしに行かないとと思いつつ、日が経ってしまってごめんなさい。お会いできて嬉しいです！　桜羽さんもあんぱんを買いに来たんですよね？　よかったら、わたしに買わせてください」

真歩の申し出に、桜羽は驚いた。

「お礼なんていいわよ。困っている人を助けるのは、当然のことだもの」

「でも、わたしの気持ちが済まないんです。買わせてください」

真剣なまなざしで頼まれたら、断るほうが気が引ける。

「それじゃ、お言葉に甘えて……」

皆の分まで真歩にお金を出させるのは悪いと思い、一個だけお願いした。

真歩にあんぱんを買ってもらった桜羽は、店の前の長椅子を指さした。

「せっかく会ったのだし、よかったら少し話さない？」

桜羽が誘うと、真歩は嬉しそうに頷《うなず》いた。

長椅子に腰を下ろし、袋からあんぱんを取り出す。ぱくりと口に入れると、あんこの甘みが、疲れた体と月影氏流の一族たちの視線でささくれだった心に沁《し》みた。

「私、あんぱん大好きなの」

桜羽がそう言うと、真歩は「わたしもです」と答えた。

以前、会った時、真歩が坂江診療所で住み込みで働いていると言っていたことを思い出す。今日も何か用事で出てきたのだろうか。

桜羽が聞くよりも早く、真歩は自ら、

「今日は患者さんの家《うち》にお薬を届けに行っていたんです」

と説明した。

「桜羽さんも、どちらかにお出かけになっていた帰りなんですか？」

「知人に会いに行っていたの」

丁寧な言葉遣いで話す真歩に、桜羽は提案した。

「敬語はやめない？　私たち、同い年なのだし」

「でも、桜羽さんは恩人だから……」

「恩人と言われるほど、たいしたことはしていないわ。私、真歩さんと仲良くなりたい」

真歩は、桜羽の申し出に驚いたのか、目を丸くした。桜羽が差し出した手と顔を見比べた後、おずおずと握った。

「わたしも桜羽さんと仲良くなりたいです」

「『です』は無し。呼び方も桜羽でいいわ。私も真歩って呼ぶわね」

握手をしながら微笑む桜羽につられたように、真歩もはにかむ。

「真歩は普段、診療所のお手伝いの他に何をしているの？」

「先生は独身で奥様がいらっしゃらないから、わたしが家事をしてるよ」

「偉いわね」

しっかり家事をしているという真歩を尊敬の目で見つめる。

月影家にいた時は女中たちがいたし、焔良邸には心花がいる。桜羽は、ほとんど家事をしたことがない。

（私、恵まれていたのね。心花に甘えてばかりいてはだめだわ。これからは手伝おう）

そう考えて「やっぱり、何もしないほうがいいかもしれない……」と、情けない気持ちで思い直す。

女の必須《ひっす》能力でもある料理が、桜羽は壊滅的に下手だ。以前、焔良に何か作ってあげたいと思い挑戦してみたら、謎の黒い物体が生成されてしまった。心花が体調を崩し、代わりに部屋の拭《ふ》き掃除《そうじ》をした時に、焔良が大切にしていた西洋のランプを落として割ってしまったこともある。焔良は怒らず、桜羽のおっちょこちょいを笑って許してくれたが、あの時は心から反省した。

「ねえ、真歩はお料理は得意？」

「得意だよ。桜羽は？」

「……私は苦手」

焔良に黒焦げの料理を出した話をすると、真歩はくすくすと笑った。

「桜羽には好きな人がいるんだね。その人のためにお料理を作ってあげたいなんて、素敵」

「でも、失敗したのよ？　素敵じゃないわ。それに、家庭で女が料理をするなんて普通でしょう？」

情けない気持ちで溜め息をつくと、真歩は優しい瞳《ひとみ》で桜羽を見た。

「わたしは、桜羽の好きな人に何かしてあげたいっていう心が素敵だと思ったの」

真歩に肯定されて、桜羽の胸の中が温かくなる。

「そうかしら……」

「そうだよ」

断言する真歩に何か感じるものがあり、桜羽は自然と尋ねていた。

「真歩にも好きな人がいるの？」

「えっ」

息を呑《の》んだ真歩の頬が、みるみる赤くなる。

もじもじと両手の指を絡ませ、

「うん……」

と頷いた。

「どんな人？」

身を乗り出して興味津々で尋ねる桜羽の勢いに押されながらも、真歩は恥ずかしそうに答える。

「わたしと同じように診療所に住み込んで働いている年上の人」

「そうなのね」

一緒に住んでいるなんて、自分と焔良みたいだなと思いながら、桜羽は相づちを打つ。

真歩は頬を赤らめたまま、

「優しい人なの」

と続けた。

「真歩が好きだってこと、その人は気付いていないの？」

「たぶん」

寂しそうに笑う真歩を見て、桜羽は切なくなった。

「それなら、伝えてみたらどうかな」

つらい表情を浮かべて目を伏せた真歩に、柔らかな声で勧める。桜羽の提案に、真歩が「えっ」と驚いた。

「伝える？　わたしの気持ちを？」

「そうよ。伝えないと、自分も相手もお互いに何を考えているのかわからないでしょう？」

桜羽は勇気を出して焔良に告白した時のことを思い出した。焔良も桜羽を想ってくれているのだとわかり、気持ちが通じ合い、とても嬉しかった。

焔良は今も言葉や行動で、まっすぐに桜羽に愛情を向けてくれる。

桜羽の脳裏に、もう一人、桜羽を大切に想ってくれていた青年の顔が過《よぎ》った。

（冬真様）

桜羽を育ててくれた養い親。両親の仇《かたき》だと知らないまま、桜羽は冬真を慕っていたが、彼が親としての気持ち以上に桜羽を想い、守ってくれていたことに気付かなかった。

冬真は寡黙で、何を考えているのか読めない人だったから――

「相手がいなくなった後にわかっても、こちらは何も言えない」

寂しい気持ちで微笑むと、真歩は神妙な顔をして「そう」とつぶやいた。

「真歩の好きな人がいなくなることはないと思うけれど、後悔しないようにしたほうがいいわ、っていう、私からの忠告」

そう言った後、桜羽は付け加えた。

「ごめんね。ちょっと偉そうだったかも」

真歩は「ううん」と首を横に振り、にこりと笑って、

「ありがとう」

と、お礼を言った。

「わたし、歳の近い女の子とこんな話をしたの、初めて」

照れくさそうに微笑む真歩に、桜羽も、

「私もよ」

と笑い返す。

斎木と好きな人の話をするのと、また違った楽しさを感じて嬉《うれ》しくなる。

「ねえ、また私と会ってくれる？　もっとお話をしたいわ。私たち、友達になりましょう」

桜羽が手を差し出すと、真歩は驚いた表情を浮かべた後、

「うん、わたしも、桜羽ともっとお話したい」

と応《こた》えて握手をした。

「それじゃ、住所を交換しましょう。お手紙も書くわ」

「お手紙？　嬉しい。あっ、でも今、書くものを持ってない」

「川村屋さんに借りましょう」

二人は長椅子から立ち上がると、もう一度、川村屋に入った。事情を説明すると、川村屋の主人は気前よく紙をくれて、筆も貸してくれた。真歩と連絡先を教え合う。

桜羽は川村屋へのお礼に、あんぱんを多めに購入した。

店の外に出た二人は「じゃあね」と手を振り、それぞれの家へと帰っていった。

焔良の邸《やしき》に戻ると、焔良はめずらしく日が暮れる前に帰宅していた。

「桜羽、どこかへ出かけていたのか？」

居間の長椅子から立ち上がり、焔良が桜羽のそばに歩み寄ってくる。

桜羽は月影邸に戻っていたことを焔良に気付かれないように、微笑みを浮かべた。

「斎木君と久しぶりに会っていたの。帰りに、急にあんぱんが食べたくなって川村屋に行ったのだけど、ついでに銀座《ぎんざ》をぶらぶらしていたから、遅くなってしまって……」

「あんぱん？　俺に言ってくれれば、明日買って帰ったのに」

首を少し傾けてそう言った焔良に、桜羽は笑顔で続ける。

「どうしても今日、買いに行きたかったのよ。焔良は最近忙しそうだから、甘いものを食べたら、ほっとするかしらと思ったの」

「俺のために行ってくれたのか。ありがとう」

焔良は幸せそうにふわりと笑うと、桜羽の肩に手を置いて優しく頰に口づけた。

「一族の中に、仕事関係で人と揉《も》め、ごたついて困っていた者がいたので解決の手伝いをしていたんだが、今日でカタがついた」

唇を離し、間近から桜羽を見つめる焔良の瞳が綺麗《きれい》で、桜羽は思わず見とれた。

（赤い宝石みたい。吸い込まれそう……）

彼が操る炎のように、焔良の瞳はいつも、鬼の一族の未来を良くしようという情熱で輝いている。

「そんなふうに熱いまなざしを向けられると、堪《たま》らないな」

焔良の囁《ささや》き声で、まるで魅了の力にかかっていたかのように動けなくなっていた桜羽は我に返った。

（じっと見ていて、はしたなかったかも……）

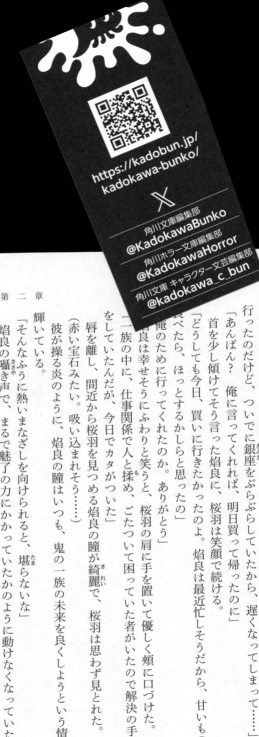

恋人の顔に見とれてぽうっとしていただなんて、恥ずかしさで頬が熱い。

「えっと、今のは、なんでもなくて」

狼狽《うろた》えている桜羽が可笑《おか》しかったのか、焔良が吹き出した。

「なんでもなかったのか。お前から誘惑してくれたのかと思ったのに、残念だ」

「ゆ、誘惑……!?」

楽しそうに笑う焔良を見て悔しくなる。

(焔良ばかり余裕でずるい)

自分はいつもいっぱいいっぱいだというのに。

(私が焔良にどきどきするみたいに、焔良は私にどきどきしないのかしら？　そんなのちょっと不公平だわ)

うぶは返上して、どーんとかまえようと決心したことを思い出し、桜羽は思い切って焔良の着物の胸元を掴《つか》むと、ぐいと引き寄せた。引っ張られて前屈《かが》みになった焔良の唇を、背伸びをして素早く奪う。

体を離した後、今の自分の行動は大胆すぎただろうかと、すぐに後悔した。

おそるおそる反応を窺うと、手の甲で唇を押さえる焔良の顔が赤くなっている。彼の意外な反応にびっくりし、桜羽は目を瞬かせた
「不意打ちはずるいぞ」

ふいと視線を逸《そ》らした焔良の弱ったような様子がめずらしく、桜羽の口元が綻《ほころ》ぶ。

（もしかして、照れているのかしら？）

けれどそれを指摘したら、焔良は拗《す》ねてしまいそうだ。

焔良の可愛いところを引き出せたと、嬉しさでにこにこしていると、腰に腕をまわされ、そのままぎゅっと抱きしめられた。横顔が焔良の胸に当たり、彼の心臓が早鐘を打っていることに気付く。

「次の休日にデェトをしないか？　最近忙しくて接する時間が減っていたから、桜羽が足りない。お前を補充させてくれ」

（焔良とお出かけ！　嬉しい！）

桜羽は腕の中から焔良の顔を見上げ、「行きたい」と満面の笑みで答えた。

＊

焔良が誘ったデェト先は、近頃開店した喫茶店なる珈琲《コーヒー》を飲ませる店だった。

西洋の飲み物である珈琲は洋食店などで出されて徐々に広まりつつあるが、それを専門に提供する店ができるのは初めてだ。

『西洋茶館《せいようさかん》』という名のその店は、木造二階建ての洋館だった。

中に入ると、なかなか賑《にぎ》わっている。

香ばしい香りが漂う店内には、新聞や雑誌、碁や将棋などが置かれており、奥には撞《どう》球室《きゅう》もあるようだった。飲食店というよりも、サロンのような雰囲気だ。

どうふるまえばいいのかと桜羽がきょろきょろしていると、給仕の青年が近付いてきた。年の頃は二十代半ばといったところだろうか。穏やかで人の好《よ》さそうな顔立ちをしている。

入り口近くの窓辺の席に案内され、二人は椅子に腰を下ろした。目的の珈琲とカステラを注文する。

テーブルについているのは男性客ばかりで、女性連れは焔良だけだ。

カウンター席では、二十代前半といった年頃の青年が、この店の主人らしき男性にしきりに話しかけていた。着物の下にシャツを着て、袴《はかま》をはいている。学生か書生といった雰囲気の青年だった。

「穂高《ほだか》さん！　このまま政府に国会開設の主導権を握らせておいてはだめなのです。主導権は我々民衆に――」

「声が大きいですよ、保司《ほし》君」

唾《つば》を飛ばす勢いでしゃべっている青年を、五十がらみの主人が窘《たしな》めている。

主人は穂高、青年は保司という名前のようだ。お互いに名を呼んでいるところをみると、知り合いなのだろう。

しばらくして、桜羽と焔良のもとに珈琲とカステラが運ばれてきた。カップの中の黒々とした液体に鼻を近付け、桜羽は匂いを嗅《か》いでみた。店内に漂っているのと同じ香りがする。

初めての飲み物に警戒している桜羽を見て、焔良が楽しそうに笑う。

焔良は珈琲に角砂糖を入れると、カップを手に取り、口を付けた。

「以前、洋食店で飲んだことがあるが、それよりも美味《うま》い。珈琲を飲ませる専門の店だけあって、淹《い》れ方を研究しているのだろうな」

桜羽も焔良の真似をして珈琲に角砂糖を溶かし、一口飲んで……むせた。

「に、苦いっ」

「ははっ。桜羽はお子様舌だな」

焔良は笑っているが、桜羽は「お子様」という言葉にむくれた。

「お子様じゃないわ。私、十八なのよ」

焔良の瞳《ひとみ》をまっすぐに見つめてそう言うと、焔良は目を丸くした後、「そうだった」と微笑んだ。

腕を伸ばして桜羽の髪を一筋掬《すく》い、ふっと口角を上げる。

「お前は子供ではなく、俺の婚約者だ」

桜羽の髪をもてあそびながら、誘惑するようなまなざしを向ける焔良にドキッとする。

まるで「だから早く結婚しよう」と言われているようで、鼓動が早くなる。

(もう少し……もう少し待って。私、もっと焔良の役に立ちたいの)

鬼の頭領である彼の隣に立つのに、ふさわしい女性になりたい。

ふと、昨日の出来事を思い出す。

ここしばらくの間、虎徹は学校に姿を見せていない。心配した桜羽は、思い切って虎徹の家を訪問した。対応に出たのは虎徹の母、槃子だったが、彼女は桜羽の顔を見るなりピシャリと戸を閉めてしまった。

「あのっ！　虎徹君はお家《うち》にいるのでしょうか？　登校して来ないので心配になって様子を見に来たのです。顔を見たいのですが――」

声を張り上げて、戸の向こうにいる槃子に呼びかける。槃子は忌々《いまいま》しそうに「いないわ」と答えた。

「新しい先生が見つかったから、学校には通わなくてよくなったんです！　もう、虎徹にも私たちにも関わらないで！」

「新しい先生は、どちらの方なのですか？」

気になって尋ねたが、槃子は家の奥に引っ込んでしまったのか、それ以上反応はなかった。

(虎徹君が進んで誰かから勉強を教わっているのなら、それでもよいのだけど……。お友達のいる学校が好きなのに、もう登校しないつもりなのかしら？)

桜羽の授業は休みがちでも、他の教師の授業には出ていた。ぱったりと来なくなったのは、新しい先生と過ごす時間が、学校以上に楽しいのだろうか？

――表情を曇らせていると、焔良が心配そうに、

「どうかしたか？」

と、声をかけた。

我に返り、桜羽は一瞬迷った後、焔良に虎徹のことを話した。

「虎徹が心配だな。俺から榮子に一言伝えようか？」

焔良の申し出に、桜羽はすぐさま首を横に振った。

「私が虎徹君の先生なのだもの。虎徹君と会って話をするわ。今後、勉強は新しい先生に教わりたいと言うのなら、それでよいと思うのだけど、虎徹君の本当の気持ちなのかどうか確認したい」

あくまで榮子の話を聞いただけ。当人の意思かどうかはわからない。虎徹の両親は陰《おん》陽師《みょうじ》を憎んでいる。桜羽がいる学校に通わせたくないのだろう。だから、虎徹の思いを無視して、新しい教師を探した可能性もある。

（私は先生。しっかりしなきゃ）

「私、子供たち皆が楽しく学校に通えるようにしたいの」

テーブルの上で握ったこぶしに、「頑張れ」と言うように、焔良がそっと手のひらを重ねた。

心強い気持ちになって、桜羽は握っていたこぶしを解くと、手首を返し、焔良の指に右手の指を絡めた。

桜羽と焔良が西洋茶館を出ていくと、最奥の席に座っていた若い男が顔を上げた。不思議と気配が薄く、人に存在を感じさせない彼は、通りがかった給仕の青年を呼び止め、珈琲のおかわりを注文した。

給仕の青年は、視界に入っていたはずなのに見えていなかった男から声をかけられ、驚いた顔で「かしこまりました」と答えた。

(まさか、こんなところで鬼の頭領と月影を見かけるとは)

若い男——志堂は、先ほどまで窓際の席に座っていた二人のことを考えた。

珈琲を飲みながら語らう二人は傍目《はため》にも仲睦《なかむつ》まじかった。彼らが、かつては仇同士《かたきどうし》だったとは信じられないほどに。

先日、鬼の一族の旭緋という者から、宮内省に、帝との対面を申し入れる文書が届いた。焔良は「この書状の内容は、俺の意思ではない」と突っぱねたそうだが、内閣総理大臣も宮内大臣も、焔良の言葉を完全に信用してはいない。

政府の手の者として働く志堂は一年前から「鬼の頭領と月影家の姫君の行動を見張れ」と、内務大臣の大庭卿《おおば》経由で御手洗総理大臣の命を受けていたが、ここ最近の動向には、特に注意するように言われていた。

(彼らがここに現れたのは、ただの偶然か?)

カウンター席では、未《いま》だ保司という青年が店主に絡んでいる。

「ですから、穂高さん！　今の帝都を明治政府に任せておいてはいけないんです！

我々民衆は客分意識を払拭《ふっしょく》し、国民としての自覚を持つ必要性があるのです」

興奮する保司は、通りがかった給仕の青年を捕まえて同意を求める。

「窪田《くぼた》さんもそう思うでしょう？」

西洋茶館の主人である穂高は、熱弁をふるう彼を戒めた。

「保司君、そのような主張を大声で述べるものではありません。誰が聞いているかわからないのだから」

「そうだよ、保司。穂高さんに迷惑をかけてはいけない」

給仕の窪田からも注意され、保司は不満の表情を浮かべた後、ドンとテーブルを叩《たた》いた。

「あなた方は、いつから志を忘れてしまったのですか？　二年後ではもう遅い。強い味方ができた今が、動くべき時だというのに！」

悔しそうにそう言うと、保司はカウンターテーブルの上に札を置き、立ち上がった。

「保司君、おつりを……」

呼び止めようとした穂高を無視し、保司は大股《おおまた》で西洋茶館を出ていった。

穂高と窪田が、やれやれといった表情で顔を見合わせる。

気を取り直し、穂高が珈琲《コーヒー》を淹れた。それを、窪田が志堂のもとへと運んでくる。

「お待たせしました」

テーブルにカップを置き、一礼して去っていこうとした窪田を、志堂は呼び止めた。

「すみません。先ほど出ていかれた方との会話が聞こえてきたのですが……」

志堂の言葉に、窪田の顔色がさっと変わる。志堂はすかさず続けた。

「警察に告げ口をするつもりはありません。ただ、あの方の主義主張に共感するものがありまして」

真面目な口調でそう言うと、窪田は表情を和らげた。

「そうでしたか、あなたも……。ですが、そういったことは、あまり外ではおっしゃらないほうがよいですよ。昨年出された保安条例で、帝都中心部への立ち入りを禁止された活動家も多いです。疑いをかけられたら、あなたもどうなるかわかりませんよ」

保安条例は反政府運動を取り締まるために出された法令だ。治安を妨害すると見なされた者は、宮城から三里以上離れた場所へ退去させられ、三年間はその範囲へ入ることも居住することもできなくなる。

窪田は志堂に忠告すると、カウンターへと戻っていった。穂高と何やら話している。あそこの客にこんなことを言われたとでも、報告しているのだろうか。

志堂はカップの取っ手に指をかけると、目を伏せ、口を付けた。僅《わず》かに顔をしかめる。珈琲の苦さは好みではない。

けれど、しばらくの間、この店に通う必要がありそうだ。

現在、志堂は内務省から、桜羽と焔良の件だけでなく、明治政府に対し批判的な民権家の動きを探るように命じられている。新しくできた西洋茶館という喫茶店に一部の民権家が出入りしているらしいという情報を得て、偵察に来ていたのだった。

(どうやら、当たりだったようだ)

先ほどの保司と穂高の会話、窪田の反応を見て確信する。

(この店は民権派の者たちの隠れ家というわけか)

めずらしい異国の飲み物を飲ませる、今までになかった形態の店だと人気を博している西洋茶館が、まさか民権派の巣だとは思うまい。

二階建てというのも怪しい。二階で会合や勉強会などを開いているのかもしれない。

(隠れるよりもサロンのような店で堂々としているほうが、政府の目を欺けると考えたのだろうが、声の大きな若者一人のせいで、私のような犬に嗅《か》ぎつけられるとは)

しかも、焔良と桜羽にも遭遇した。

志堂はカップを戻すと、テーブルの木目を見つめながら考え込んだ。

(焔良と月影。彼らが民権派と何か関係があるのか、調べておいたほうがよさそうだ)

帝都内。番町《ばんちょう》にある武家屋敷の一室で文机《ふづくえ》の前に座り、今後の計画を練っていた旭緋は、どすどすという足音で顔を上げた。

振り返ると同時に座敷の襖《ふすま》が開く。顔を見せたこの屋敷の住人、保司照彰《てるあき》に、旭緋は気さくに声をかけた。

「帰ってきたのか、保司」

「旭緋さん、聞いてください」

保司は旭緋のもとまで来ると、ドスンと腰を下ろした。何か苛立《いらだ》つことがあったのか、目が尖《とが》っている。

「先ほど西洋茶館に行って、同志の方々に我々の想いについて話してきたのですが、聞く耳を持ってもらえませんでした」

保司が悔しそうに畳をこぶしで叩く。

「そうか。お前の同志は頼りないな。でも、俺たち鬼が味方になっているのだから、躍起になって仲間を集める必要はない。少数精鋭で事にあたるほうが良い結果を生む時もある」

旭緋は優しい声音で保司を慰めた。

焔良と完全に主義主張が決裂したと感じたあの日、旭緋は保司と出会った。

警察に捕らえられそうになっていた彼を助けた後、何を熱心に演説していたのかと尋ねると、彼は「尊敬する大学の先輩が自由民権運動に関わっており、話を聞いて感銘を受けた。自分も民衆のためになりたいと思い活動している」と話した。保司は若者らしく熱意に溢《あふ》れていたが、今のところ活動は街頭演説のみ、持論も他人の言葉を借りただけの表層的なものでしかないように感じた旭緋は、付け入る隙があると判断し、彼に申し出た。

「長年生きにくさを感じてきた鬼だからこそ、お前の思想に共感した。よかったら、力になりたい」

「自分は鬼の一族を統べる頭領である」と偽り、「必要であれば妖力《ようりょく》も貸すし、街頭演説の際は身を守る」と約束すると、保司は感激し「ぜひお願いします」と旭緋に頼んだ。その代わりの条件として、旭緋は現在、保司の屋敷に住まわせてもらっている。

「どうにかして、政府から民衆に主導権を移せないでしょうか」

身を乗り出して相談する保司に、旭緋は先ほど考えていた計画について、さりげなく提案した。

「帝に、政府主導の国会開設の勅諭を撤回してくれと頼んでみるのはどうだ？」

七年前、自由民権運動の高まりにより、政府は「九年後に国会開設を約束する」という勅諭を出して民権派の勢いを抑えたが、それが二年後に迫った今、運動は再び盛り上がりを見せている。

「えっ！　帝に？　どうやってお頼みするのですか？」

保司の目が驚きで見開かれる。民衆には、帝は神とも等しい御方として認識されている。そんな相手に頼み事をするなんてと慄《おのの》く保司に、旭緋は、

「お前は行かなくていい。帝に会えるよう手伝ってくれさえすれば、俺がお前の代わりに行って頼んでこよう」

と、胸を叩いた。

「手伝い……とは、何をすればいいのでしょうか？」

戸惑う保司を見て、旭緋は内心で「釣れた」と確信した。

保司に顔を寄せ、計画を教える。

「なんと大胆な！　さすが鬼の頭領であられる旭緋さんですね！」

旭緋の計画を聞いた保司は目を輝かせ、興奮したように膝《ひざ》を叩いた。

「この計画の成功は、お前たちの最初の動きにかかっている。お前たちが道を作ってくれさえすれば、あとは俺と仲間たちで帝に働きかけるから安心してくれ」

「ええ、とても心強いです、旭緋さん！　帝に直接ご相談ができましたら、我々の思いが成就する近道ともなりましょう」

うんうんと頷《うなず》く保司を、旭緋は「平和だな」と冷めた目で見つめたが、興奮している彼は気付いていない。

（苦労せずに育ったお坊ちゃんだから、人を疑うことも、悪意も知らないのだろうな）

常に命の危険に晒《さら》されてきた旭緋たち鬼の一族とは、立場の違う保司が羨《うらや》ましい。

（こちらの仲間は集まりつつある。保司たちには、攪乱《かくらん》を頼むとしよう）

旭緋は脳裏に、焰良ではなく旭緋に付くと言った鬼たちの顔を思い浮かべた。政府や陰陽師《おんみょうじ》に対して恨みが強く、焰良のやり方や、桜羽の存在を不満に感じている者たちだ。

（もう少し仲間を増やしたら、あやかしの頭数も揃えよう。問題は時機だな）

文机の上に置かれている新聞に目を向ける。一面には『内国勧業博覧会、本日より開催！』という大見出しが躍っている。

今朝から上野公園で内国勧業博覧会が始まった。帝も開会式に出席し、開会を宣言したらしい。帝は今後、数日に分けて会場を見学する予定だと、新聞記事には書かれていた。

今回は過去の勧業博覧会とは違い、諸外国の目も意識しているそうだ。日本の頂点に立つ帝にも表に出てきてもらい、諸外国へアピールするつもりなのだろう。

普段は宮城の奥で生活し、滅多に外に出てこない帝が民衆の前に姿を現す絶好の機会を逃す手はない。

(見ていろ、焔良。俺は絶対に目的を果たしてみせる)

子供の頃から兄貴分として慕い尊敬していた焔良が、桜羽に見せていた柔和な微笑みを思い出し、膝の上でこぶしを握る。

(仇《かたき》である陰陽師の女に腑《ふ》抜《ぬ》けにされ、軟弱になったお前に一族を率いる資格はない。俺がお前の代わりとなり、皆を守る)

＊

「それではお先に失礼します」

教材を包んだ風呂敷《ふろしき》を手にした桜羽は、職員室に残る水礼に会釈をした。水礼には桜羽と同い年だという息子がいるそうだが、年齢の割に若々しく綺麗《きれい》な顔立ちをしている。

さすが美しい者ばかりだという鬼の一族である。

「お疲れ様、桜羽先生」

明日の授業の下準備をしていた水礼が顔を上げ、軽く手を振る。桜羽は彼女に向かってもう一度軽く会釈をすると、職員室を出た。

廊下を歩いていると、前方から碧叶がやって来た。桜羽の姿に気付き、歩み寄ってくる。

「お帰りになるところですか？」

「まだ校庭に子供たちがいるのに、早々にすみません。今日も帰りに虎徹君のお家《うち》に寄ろうと思っているのです」

桜羽の答えを聞いて、碧叶の表情が曇る。

「虎徹君ですか。ここしばらく学校に来ていませんね」

「お母様が言うには、新しい先生についてもらったので、もう学校は必要ないと……。でも、それが虎徹君の意思なのかどうか確認しておきたくて」

唇を噛《か》んだ桜羽を見下ろし、碧叶が優しく目を細める。

「責任を感じているのですか？　元陰陽師のあなたがここにいることで、彼が学校に出てこられないのだと」

「……はい」

（私の存在が障害になっているのなら、やはり私はここにいないほうがいいのかもしれ

ない）

心に浮かんだ考えに、胸がぎゅっと痛くなる。

無邪気に慕ってくれる他の子供たちの顔が脳裏を過《よぎ》る。

「…………」

黙り込んだ桜羽の前で、碧叶が前屈《かが》みになった。子供たちにするように桜羽と視線を合わせ、励ましの言葉を口にした。

「僕は、あなたは教師に向いていると思っていますよ。あなたが辞めたら、たくさんの子供たちが悲しみます」

桜羽の考えを読んだかのように、碧叶が引き留める。桜羽は微笑んで「ありがとうございます」と礼を言った。

（私は先生。焔良にも約束したじゃない。子供たち皆が楽しく学校に通えるようにしたいって）

昨日のデェトで交わした会話を思い出し、心を奮い立たせる。

「桜羽先生。あなたに話すかどうか迷っていたのですが……」

内緒話をするかのように、碧叶が声をひそめた。

「最近、嫌な噂を耳にしました。一部の鬼たちが、焔良様への不満を口にしていると。その中に、虎徹君のご両親も含まれているようです」

「えっ？」

思いがけない話を聞き、桜羽は目を見開いた。

常に一族のことを考え、尽力している焔良を非難する者がいるなど、信じられない。

（それが本当なら、私のせい？）

鬼の一族の仇である桜羽が、焔良のそばにいるから、彼の評判を落としてしまったのだろうか。

表情を固くした桜羽に、碧叶が言い添えた。

「虎徹君の家に行った時は、気を付けてくださいね」

虎徹の家に着くと、桜羽は緊張しながら戸を叩《たた》いた。榮子が出てくるだろうと予想をしていたが、戸を開けたのは虎徹だった。

「虎徹君！」

名前を呼ぶと、虎徹は「うげ」という表情を浮かべ、すぐに戸を閉めようとした。

「待って！」

止めようと戸を摑《つか》もうとしたが一歩遅く、桜羽は虎徹が思い切り引いた戸に手を挟んでしまった。思わず「痛っ」と声を上げる。驚いた虎徹が急いで戸を開け、動揺した瞳《ひとみ》で桜羽を見上げた。

「ご、ごめ……」

桜羽を傷つけたという恐怖で目を見開き、声を震わせている虎徹に、桜羽は平気な顔をしてみせた。

「大丈夫よ」

他の子供たちとの関わりを見ていて、桜羽は、虎徹が桜羽に対し突っかかってきていても、本来、優しくて面倒見のいい性格であることがわかっていた。今も、桜羽を心配してくれているのだろう。

「ちょっと挟んだだけだから」

本当は、かなりじんじんしている。

桜羽の白い手が赤くなっていることに気付き、虎徹が俯《うつむ》く。

「本当に大丈夫。急に手を伸ばした私が悪いの。虎徹君も驚いたでしょう？」

しゃがんで下から虎徹と目を合わせる。

「私、虎徹君と話をしに来たの。お母さんから、新しい先生に勉強を教わっているって聞いたわ。もう学校には来ないつもりなの？　新しい先生に教わっていても、学校に来てもいいのよ？　私の授業が嫌なら、他の先生たちの授業の時だけ来ればいい。友達も、虎徹君が来ないのを心配していたわ」

柔らかい声音で尋ねると、虎徹は顔を伏せて唇を噛んだ。両手をぎゅっと体の横で握っている。桜羽は彼が何か言うのを辛抱強く待った。

「……学校、行きたい」

虎徹がぽつりとつぶやいた。

「……俺、皆で遊んだり勉強したりするのが好きだ」

ようやく聞けた虎徹の本音に、桜羽の胸が温かくなる。

(やっぱり虎徹君は学校が好きなのね)

「そうなのね」と相づちを打つ。

「虎徹君が学校を好きでいてくれて嬉《うれ》しい。焔良は、皆が仲良く学べる場所を作りたいって言っていたから、虎徹君の言葉を聞いたら喜ぶと思う」

焔良の名を聞いて、虎徹が顔を上げる。

「焔良様は、わざわざ家に来て言ってくれたんだ。『学校を作るから虎徹もおいで』って」

桜羽は、焔良が子供のいる家を一軒一軒まわって、学校開設の目的を説明し、入学を勧めていたことを思い出した。榮子もその話を聞いて、虎徹を通わせることにしたのだろう。もっとも、そこに桜羽がいるとは知らなかったと思うが……。

「お母さんは『もう学校へ行かなくていい』って言うんだ。焔良様の言うことは聞けないからって。最近は『旭緋様、旭緋様』って言って、お父さんと一緒に毎日、旭緋様のいるお屋敷に行ってる。今日もだよ。俺も一緒に来なさいって言われるけど、俺は焔良様の悪口を言う旭緋様が嫌いだから行きたくないんだ」

虎徹の口から出た名を聞いて、桜羽は目を見開いた。

(虎徹君は旭緋さんのことを知っているの？　榮子さんも？　どうして？)

「その……旭緋様って、だぁれ？　その人は、焔良のことを悪く言っているの？」

問いただしそうになる気持ちをぐっとこらえ、桜羽は落ち着いた声で尋ねる。

虎徹は「うん」と頷《うなず》いた。

「旭緋様は京から帝都に来た、偉い鬼なんだって。お母さんやお父さんの他に、姫奈《ひめな》ちゃんのお父さんや、松里《まつり》ちゃんのお父さんや、それからええと……他の人もたくさん呼んで、焔良様の悪口を言うんだ。腰抜けとか、鬼の一族の未来をちゃんと考えていないとか、桜羽先生にユウワクされた……とか」

誘惑の意味はあまりわかっていないようだが、良くない言葉だとは察しているのか、虎徹の声が小さくなる。

「お母さんもお父さんも『これから付いていくべき御方は、焔良様じゃなくて旭緋様』って言うんだ。俺にも『焔良様を信じちゃだめ』って言うし……。俺よくわかんないよ……」

こぶしをぎゅっと握って、虎徹が途方に暮れた顔をする。

「虎徹君は旭緋様の家を知っている？」

桜羽の質問に、虎徹は考え込むように頭を傾けた。

「ええと……」

あやふやながらも、一生懸命思い出しながら桜羽に教える。

「色々と聞かせてくれてありがとう」

桜羽は虎徹にお礼を言い、優しく頭を撫《な》でた。

「虎徹君は心配しないでね。お母さんとお父さんのことは、私と焔良に任せて」

「本当？　約束する？」

「うん、約束する」

桜羽が小指を差し出すと、虎徹が指を絡めた。指切りをすると、ようやく虎徹に笑顔が戻った。

「虎徹君。いつでも学校に来てね。皆、待っているわ」

桜羽が誘うと、虎徹は「うん」と頷いた。

虎徹の家を後にした桜羽は、路地に入ると、赤く腫《は》れた自分の右手に左手を重ねた。

「水は命の源。北方の玄武よ、傷を癒《い》やして」

呪《まじな》いの言葉を唱えると、泉に手を差し入れた時のようなひやりとした感覚が両手を包んだ。すうっと痛みが消えていく。左手を離すと、右手の腫れは完全に引いていた。

母譲りの癒やしの力は、うまく効果を発揮したようだ。

母の朔耶は、木火土金水《もくかどごんすい》という自然に由来する全ての五行を操れたそうだが、特に水の呪いが得意で、月影氏流の開祖が持っていた特別な力――癒やしの能力も使えたらしい。その力は出産と共に桜羽に移ったが、桜羽は長年、冬真によって、癒やしの力だけでなく、もともと持っていた強い神力を封じられていた。

冬真の呪いから解かれた今は、自由に五行を操ることができる。

（私の水気《すいき》の神力が強いのは、たぶん、お父さんも水気の妖力《ようりょく》を持っていたからなんだろうな）

希代の陰陽師《おんみょうじ》だった母と、鬼の頭領の右腕だった父。二人の力を、桜羽は継いだのだ。

亡き両親に思いを馳《は》せていた桜羽は、意識を切り替えた。

先ほど聞いた虎徹の話を思い出す。

（虎徹君の話をそのまま解釈すると、虎徹君のご両親は旭緋さんに心酔しているみたいだったわ。碧叶先生が『一部の鬼たちが、焔良様への不満を口にしている。その中に、虎徹君のご両親も含まれている』と話していたけれど、本当だったのね。――旭緋さんは、何をしようとしているの？　自分の派閥を作って、焔良に反逆する気？）

突風が吹き、桜羽の髪を巻き上げた。乱れた髪を押さえて西の空に目を向けると、赤い太陽が沈もうとしていた。

第三章

大手町《おおてまち》に建つ内務省の庁舎内。内務大臣の執務室で、志堂は、明治政府の内政を司《つかさど》る重要人物、大庭内務大臣に向かって一礼した。

窓辺で煙草をくゆらせていた大庭が振り返り、部屋の隅に控えていた秘書に片手を振る。秘書が速やかに部屋を出ていくと、大庭は灰皿に紙巻き煙草の先を押しつけて火を消し、志堂に微笑みかけた。

「やあ、志堂君。久しぶりだね」

「ご報告が遅れまして、申し訳ございません」

ここしばらくの間、民権派の動きを探ることに注力していたため、定期報告が遅れてしまったことを謝罪する。

「忙しかったようだね」

大庭に言外に報告を促され、志堂は、最近得た情報について話し始めた。

「西洋茶館なる喫茶店が、民権派の隠れ家となっているようです。主人の穂高公平《こうへい》が『緑空党《りよくくうとう》』の指導者かと」

「『緑空党』か……」

　大庭の目がすっと細くなる。

　五年前に現れた民権派の集まりだ。彼らの演説会には多くの人が訪れ、政府や警察へ向けた罵倒《ばとう》に喝采《かっさい》を送った。巡査が演説を中止させようとして騒動になったのも、一度や二度ではない。二年前、活動資金調達のために、『緑空党』の一部の党員が強盗事件を起こして捕縛されたことをきっかけに規模が縮小し、表だった行動を取らなくなっていた。

「近頃、街頭で活発に演説を行っている若い民権家がいると耳にしている。警察が駆けつけると、察知して逃げてしまうらしい。彼も『緑空党』の者なのかね？」

「おそらくは」

　志堂は西洋茶館で息巻いていた保司の顔を思い浮かべた。

　西洋茶館に通い得られたのは、現在『緑空党』は内部分裂を起こしているという情報。どうやら、保司を筆頭とした強硬派と、穂高を筆頭とした穏健派に分かれているらしい。志堂が毎日のように西洋茶館を訪れて窪田とぽつぽつと会話をするうちに、彼が教えてくれた内容だった。

　窪田は穂高と保司の板挟みになっており、頭を悩ませているそうだ。

　志堂は大庭に『緑空党』の内部分裂について説明した後、さらに話を続けた。

「『緑空党』の強硬派に、鬼の一族が力を貸しているとの噂があるようです」

「鬼の一族だと……？」

庁舎内では温厚で通っている大庭のまなざしが鋭くなる。

「鬼の頭領が民権派に関わっているということかね？」

「いえ、直接的に関わっているのは他の者のようです。ですが、鬼の頭領が無関係だとは言い切れません」

保司が街頭で演説をする際、近くには必ず赤髪の青年がいるらしい。演説を聴いていた一般人から、警察に追われる保司をあやかしが助けているのを見たという証言も得ている。証言内容から、赤髪の青年の外見が焔良と違うことはわかっているが、焔良が部下に民権派の手助けをさせている可能性もある。

(鬼が民権派に肩入れしているとするならば、彼らも、政府主導での国会開設に反対姿勢を取っているということか？　鬼の頭領はかつて内務大臣に「鬼も対等に政治に関わるべき」だと言ったそうだが、明治政府によって作られた国会に、鬼は参加を許されないのではないかという焦りでもあるのか？)

志堂が内心で考えを巡らせていると、大庭は執務机の椅子を引いて腰を下ろし、両手を組んで眉間《みけん》に皺《しわ》を寄せた。

「やはり鬼は明治政府とは相容《あいい》れぬか。――志堂君。引き続き、民権派の動きを探ってくれたまえ。鬼の頭領の行動にも注視するように。何かあれば、昼夜かまわないから連絡を寄越《よこ》しなさい」

「はい」

一礼し、背を向けようとした志堂を、大庭が「ああ、そういえば」と呼び止めた。

「君は身を固めるつもりはないのかね？」

「は……？」

唐突な質問に、不敬にも怪訝《けげん》な顔をしてしまった志堂を見て、大庭が目を弓なりにした。

「君の実家は、月影氏流陰陽師の一族、志堂家だろう？　月影氏流は今、頭領を失い、混乱状態にあると聞いている」

「左様です」

志堂は注意深く大庭に相づちを打った。

実家には長らく帰ってはいないが、月影一族の者たちが、今後の身の振り方について悩み、混乱しているという噂は耳にしている。

「月影家の姫君は、変わらず健勝なのだろう？　彼女を娶《めと》り、君が月影氏流を継いではどうかね？」

「……えっ」

大庭から思いもかけない提案をされ、志堂の息が止まった。

(私が冬真の養い子を娶る？)

考えたこともないという顔をする志堂に、大庭が優しい口調で勧める。

「そうすれば、我々としても、君にもっと仕事を頼みやすくなるのだがね」

(私が月影氏流の頭領となれば、今まで通り、政府の犬として使いやすくなるというわけか……)

志堂が桜羽の婿となって本家に入り、代々月影家の直系が担ってきた仕事を正式に引き継げと言われているのだと察する。

(それとも狙いは月影桜羽の神力か？)

「……申し訳ございませんが、私はまだ身を固める気はございません」

丁寧に断ると、大庭は真意の読めない表情でつぶやいた。

「そうかね。それは残念だ」

内務省を後にした志堂は、軍部の施設が建ち並ぶ通りを歩きながら、先ほどの大庭との会話を思い返していた。

「私が、本家に……」

冬真を見返したいと思い続けてはいたが、不思議なほど、その発想を今までしたことがなかった。

(そうか、私が本家の婿となれば、彼の上に立てたわけか……)

冬真は月影氏流の頭領ではあったが、傍系の男子だ。朔耶が婿を取る前に行方不明になったため、最も神力が強く本家に近しい男子として跡継ぎに指名された。

幼なじみの彼と過ごした時間が、志堂の脳裏によみがえる。

志堂と冬真が初めて顔を合わせたのは、九歳の時。両親に連れられて、月影家本邸に正月の挨拶《あいさつ》に行った日のことだった。

両親から本家の者に「志堂家の跡継ぎ」だと紹介され、緊張していた志堂だったが、その場にいた同じ年頃の少年が堂々としていたので、不恰好《ぶかっこう》な様は見せられないと気を引き締めた。

挨拶の後、両親と共に宴席に出たが、大人たちの間で行儀よくしていることにも飽き、志堂は座敷を抜け出して庭に下りた。

本邸の庭は広かった。大晦日《おおみそか》から元旦《がんたん》にかけて降っていた雪も残っており、綺麗《きれい》に手入れされた庭は、見応《みごた》えのある風景になっていた。

ぶらぶらと歩いていたら、不意に、年若い女性の明るい声が響いた。

「冬真！　やったわね！」

「朔耶がどんくさいんだ」

「そんなふうに生意気な口をきく子はお仕置きよ」

「あはは」という笑い声の後に、「冷たっ！　何をするんだ」と言う抗議が聞こえてくる。

志堂は声のするほうへと足を向けた。

庭木の間から覗《のぞ》いてみると、見目麗しい少女と少年が、雪玉を投げ合って遊んでいた。

（月影朔耶と、月影冬真だ……）

長い黒髪に雪をかぶりながら、晴れ着を着た朔耶が大笑いをしている。先ほど大広間で正月の挨拶を交わした際、上座に座る両親の隣で、静かに微笑んでいた少女と同一人物だとは思えない。

「朔耶、連投は……っ」

朔耶が投げた雪玉が冬真の顔にあたる。彼もまた、幼いながらも堂々としたふるまいを見せていた大広間での姿とは違い、年相応の少年の顔をしていた。

「雪玉を作って置いておくなんて卑怯《ひきょう》だぞ！」

「卑怯じゃないわ。作戦よ」

朔耶は庭石の上に並べてあった雪玉を両手に取ると、意地の悪い顔をした。

対抗しようと冬真が素早く雪を握り、朔耶に向かって投げつける。

朔耶が身軽に避《よ》けた雪玉は、志堂のもとへと飛んで来て、見事に顔に命中した。

「うわっ！」

いきなり視界を白く塞《ふさ》いだ雪に驚き、志堂が思わず声を上げると、遊んでいた二人が振り返り、目を丸くした。

「あなた、大丈夫？」

朔耶が慌てて駆け寄ってくる。

その後に付いてきた冬真が志堂の顔を見て、

「君は、志堂家の……」

と、ばつが悪そうな表情を浮かべた。

「志堂逸己です。冬真様」

志堂があらためて名乗ると、冬真は困ったように、ちらりと朔耶を見上げた。子供っぽく雪合戦をして遊んでいた姿を見られたことが恥ずかしかったのかもしれない。

「私は月影朔耶。この子は従弟《いとこ》の冬真。あなたと同い年よ」

朔耶が気さくに自己紹介したので、志堂は慌ててお辞儀をした。

「朔耶様、冬真様、二人でいらっしゃるところにお邪魔して、大変申し訳なく……」

恐縮する志堂を見て、朔耶が軽く首を傾げた。

「そんなに固くならなくてもいいのに。別に私、怖くはないわよ？」

「朔耶は皆の前にいる時は、威厳たっぷりの顔をしているから、彼にも怖がられていたんだろう」

冬真がそう言うと、朔耶は「心外ね」と頬をふくらませた。

「ああいう場では、すまし顔をしていたほうがいいのよ。あなただって、そうしていたじゃない」

「それもそうだけど……」

朔耶に言い返されて、冬真が口ごもる。

（この二人、随分印象が違う）

驚きながら二人を見ていたら、冬真が懐から手拭《てぬぐ》いを取り出し、志堂に差し出した。藍色《あいいろ》に染められた手拭いと相手の顔を見比べ、戸惑う志堂に、冬真は、

「顔を拭《ふ》け。前髪が濡《ぬ》れていて冷たそうだ」

と、素っ気なく勧めた。

「あ、ありがとうございます」

志堂は硬いお辞儀をすると、冬真から手拭いを受け取った。水滴がしたたり落ちる前髪を押さえる志堂に、朔耶があっけらかんとした口調で話しかける。

「あなたも大人たちの集まりがつまらなくて逃げてきたのでしょう？」

「そんなことは……」

否定しようとしたら、冬真が志堂の言葉を遮った。

「無理をしなくていい。顔にそう書いてある」

志堂は思わず自分の顔を押さえた。その様子を見て、朔耶が朗らかに笑う。

「じゃあ、新年会がつまらない子供同士、ここで遊んでいましょう。雪合戦は疲れたから、今度は雪だるまを作りましょう！」

朔耶はそう言うと、冬真と志堂の腕を摑《つか》んだ。二人を引っ張って、まだ踏み荒らされていない雪の上へと連れていく。

三人で散々雪遊びをした後、素知らぬ顔で宴会場へ戻り、冬真と志堂は、それぞれの親と共に月影家本邸を後にした。

それから、志堂と冬真の交流は始まった。お互いに家を行き来して、陰陽術《おんみょう》や、鬼やあやかしについての知識を学んだ。

冬真は寡黙な少年だったが、既に陰陽寮に所属していた朔耶の話になると饒舌《じょうぜつ》になった。まわりに同い年の友達がいなかった志堂は、冬真と過ごす時間が楽しかったし、努力家の彼を純粋に尊敬した。

志堂が冬真と出会って一年後、十歳になった冬真は、志堂よりも早く、見習いとして陰陽寮に所属した。志堂はそのことに対し「冬真は朔耶への憧《あこが》れも強いし、陰陽師としての潜在能力も高いから」と特段疑問に思わなかった。

「自分も早く二人に追いついて、陰陽寮に入ろう。二人と一緒に鬼を討伐しよう」と修行に励んでいたある日、朔耶が突然行方不明になった。

はっきりとしたことはわからなかったが、一族の中では「朔耶は鬼に攫《さら》われた」という噂が流れていた。

冬真の焦燥ぶりはひどかった。今にも一人で飛び出して、朔耶を捜しに行きそうな勢いだったが、まだ十歳の彼にそれが許されるはずもなく、手をこまねくことしかできなかった。

それから、冬真の目つきが変わった。

鬼への恨みを強くした彼は陰陽寮で働きながらも修行に明け暮れ、彼の陰陽術はみるみる上達した。

志堂も朔耶のことは心配だったし、彼女の捜索が解禁されたならば、友人として冬真の力になりたいと思っていたが、気が付いた時には、冬真の能力は志堂とは比べものにならないほど高くなり、追いつけない状態になっていた。

それでも志堂は心のどこかで「冬真の一番近くにいるのは自分だから、彼の力になれるはずだ」と信じていた。

けれど、十二歳になって陰陽寮に入ってから、その考えはおこがましいものだったと悟った。

冬真が鬼の討伐に出ると、小さな集落ぐらいなら、ほぼ壊滅させて帰ってきた。

黙々と井戸で血を洗っていた冬真に、声をかけたことがある。

「何か手伝えることがあったら、言ってほしい」

「……何も」

彼からの返答は、ただそれだけだった。

親友だと思っていたのに、彼から頼られない。——それもそうだろう。自分は冬真に多分に劣るのだから。

おそらく自分はあの時、決定的に、冬真に対し敗北感を覚えたのだろう。

冬真が月影氏流の頭領を継ぎ、陰陽寮の長官となり、政府の闇の仕事に携わるようになって初めて「自分を支えてほしい」と言われたが、志堂の頭に過《よぎ》ったのは「何を今更」という言葉だった。

けれど、それを口には出さず「はい」と答えた。

そして志堂は、陰陽寮長官、月影冬真の副官となった。

その後、冬真は愛していた朔耶を殺し、彼女の娘を攫って手元に置き、大切に育てた。桜羽の瞳《ひとみ》が世の中にはびこる醜いものを映さないよう、冬真が全部泥をかぶって生きてきた。志堂は「あんなに強かった冬真が」と失望したし、彼にそこまで想われている桜羽に嫉妬《しっと》した。

冬真は無理をしている。いつか壊れるに違いない。彼が壊れた時、成り代わってやろう。そうすれば、この焦燥感は晴れるはずだ。

そう思い続けて……。

――志堂は、あの日、彼を殺した。

苦い過去を思い出し、志堂は唇を噛《か》んだ。

大庭の言葉が脳裏を過る。

『月影家の姫君は、変わらず健勝なのだろう？　彼女を娶《めと》り、君が月影氏流を継いではどうかね？』

大切にしていた花を自分が手折ったら、冬真は一体どんな顔をするのだろう。

「……悪趣味だな」

志堂はぽつりとつぶやくと、足早に外堀に架かる橋を渡った。

その足で西洋茶館に向かう。いつものように思想が同じ者のふりをして窪田と会話をしていると、窪田がふと溜《た》め息をついた。

「どうされたのですか？　窪田さん」

押しつけがましくならないように尋ねると、窪田は自分が溜め息をついていたことに初めて気が付いたというように、はっとした表情を浮かべた後、弱った様子で頭を掻《か》いた。

「ああ、いえ……少し心配事がありまして」

「心配事？」

「保司君のことです」

窪田から保司の名前が出て、志堂の纏《まと》う空気が変わる。間者の顔になった志堂に気付かず、窪田は、

「一時期、あんなに穂高さんに絡んでいたのに、最近めっきり姿を見せなくなって……。鬼と行動を共にしているらしいと、仲間内の間で噂になっています。だいぶ前に活動をやめた方のところへも押しかけているとか」

と、事情を話した。

保司が街頭演説に鬼を伴っていることは既に知っている。

「だいぶ前に活動をやめた方……というのは自由民権運動を、ということですか？」

志堂は初めて耳にした情報について探ろうと、窪田に尋ねた。

「ええ。一時期は私たちの指導者的立場にあった方なのですが、ある時を境に活動から

足を洗われました」

「そのような方が……。今はその方は何をしていらっしゃるのですか？」

志堂がさりげなく質問を重ねる。窪田はあっさりと、その者の素性について口にした。

「小さな診療所を営んでおられます。『坂江診療所』といいまして、丁寧な診察をしてもらえると評判がいいです。一年ほど前から助手を雇われたようでして、その方が非常に優秀らしく……なんでも、その方が手当てした傷は、たちどころに治るそうです」

「坂江……診療所」

志堂は一瞬考えた後、さらさらと口からでまかせを言った。

「私、今、手首を痛めておりまして、どこかの診療所で診てもらわなければと思っていたところなのです。そんなに評判のいい診療所でしたら、ぜひ受診したい。どこにあるのか場所を教えていただけませんか？」

「それはおつらいことでしょう。ぜひ行ってみてください。坂江先生は良い方ですよ」

窪田は心から同情した様子で、坂江診療所の場所を教えてくれた。

志堂は窪田に礼を言うと、西洋茶館を出た。保司が押しかけているという坂江のもとへと向かう。

「このあたりという話だが……」

窪田が描いてくれた地図を頼りに歩く。

夕焼けの中、診療所を探していると、正面から細身の青年と小柄な少女がやって来た。

買い物帰りなのか、少女が腕に提げた籠《かご》の中から清白《すずしろ》が覗《のぞ》いている。

青年は顔の左半分を眼帯で隠していたが、彼の覆われていない右顔を見て、志堂の息が止まった。

（とう、ま……？）

呆然《ぼうぜん》と立ち尽くしている志堂に気付き、青年も立ち止まる。彼もまた、志堂を見て驚きの表情を浮かべていた。

どれぐらいの間、見つめ合っていたのか、遠慮がちな声で二人は我に返った。

「透夜さん？　お知り合いの方ですか？」

青年の横を歩いていた少女が、戸惑った様子で二人の顔を見比べている。

（トウヤ？　偽名か？）

志堂は透夜と呼ばれた青年に、問うようなまなざしを向けた。

「……ああ。知り合いだ。真歩、先に入っていてくれ」

青年は低い声でそう言うと、少女の背を軽く押した。少女はこちらが気になる様子だったが、素直に頷《うなず》き、そばの家へと入っていった。よく見れば、門柱に『坂江診療所』と記された看板が掛けられている。

眼帯の青年が近付いてくる。志堂の背中に冷や汗が伝う。

（まさか幽霊などということはあるまい……）

青年は志堂の目の前で立ち止まると、落ち着いた声で、

「久しいな、志堂」

と呼びかけた。

「月影長官……なぜ、生きて……」

あの時、自分は確かに彼の腹部を刺したはずだ。

すると、青年――冬真は志堂の反応を見て、ふっと口角を上げた。

「不思議なことを言う。まるで、私が死んでいると確信していたかのような口ぶりだ」

「それは、その……長らく行方不明であられたので……。ご無事だったのですね、冬真様」

「陰陽《おんみょう》寮長官の月影冬真は生死不明。葬式も出ていなかったはずだが、お前は私が死んだものだと思っていたようだな」

冬真の問いかけに、志堂は言葉を詰まらせる。

「元陰陽寮の者たちの行方は、全て把握している。お前だけが、どこにいるのかわからなかった」

冬真は一旦《いったん》言葉を句切ると、確信した口調で続けた。

「私を殺そうとしたのは、お前だな、志堂」

「……っ」

志堂は、心の奥底まで見透かすような冬真の瞳にたじろいだ。

「お前は政府に命じられて、秘密を知りすぎていた私を消そうとしたのだろう？」

確認するように問いかけられて、志堂の心に失望が広がる。

(ああ、彼は何もわかっていない)

「違う。お前を殺そうとしたのは、私の意志だ。私が、月影冬真を消したかったのだ」

思わず本音が漏れる。冬真は怪訝《けげん》な表情を浮かべた。

「どういうことだ?」

「今、わからないのなら、お前は一生、私を理解することはできない」

志堂は震える声でそう言い残し、冬真のもとから歩み去った。

志堂の背中を見送った後、冬真はしばらくの間、その場に佇《たたず》んでいた。

先ほど志堂が口にした言葉の意味を考える。

『お前を殺そうとしたのは、私の意志だ。私が、月影冬真を消したかったのだ』

冬真は眼帯の上から顔を押さえた。この下には、一年前に負った火傷《やけど》の痕《あと》が残っている。

華劇座の火事の折、逃げ遅れた冬真は刀で腹を貫かれて倒れた。

もはやこれまでかと一瞬諦《あきら》めの気持ちが過《よぎ》った時、頭の中で誰かが『冬真!』と呼ぶ声が聞こえた。それは恋い慕っていた懐かしい従姉《いとこ》の声のようにも思えたし、最後まで華劇座に残った冬真を心配する桜羽の声のようにも思えた。

彼女たちに無体なことをした自分が、今ここで楽になっていいのだろうかと、冬真は遠のきそうになる意識の中で考えた。何より、桜羽のことが心配だった。自分を殺そうとした者が、桜羽も害するかもしれない。犯人がわからないうちは死ねない。

その時、かつて朔耶が言っていた言葉が、突然脳裏によみがえった。

『癒《い》やしの力を使う時は、絶対に治すという強い意志と、相手を想う気持ちが大切なの』

気がつけば、桜羽が、葦原に銃で撃たれて倒れた冬真にしたように、刺し傷を両手で押さえていた。

この傷は癒えて、自分は生きる。桜羽を守る。

強い意志で、冬真は呪《まじな》いの言葉を唱えた。

「……水は、命の泉……玄武、頼む……」

結果、冬真の想いは月影の血に眠っていた癒やしの力を目覚めさせ、一命を取り留めることができた。——とはいえ、完全に癒やせたわけではなく、かろうじて命を落とさずにすんだという程度。冬真には、朔耶や桜羽のように、大怪我を治せるほどの強い癒やしの力は宿っていなかった。

華劇座を脱出したものの、自分を殺そうとした相手が誰かもわからないまま桜羽のもとへ戻るのは躊躇《ためら》われ、身を隠す場所を探そうと満身創痍《まんしんそうい》で彷徨《さまよ》っていた冬真を見つけたのが坂江だった。

坂江に診療所に連れていかれた冬真は、すぐに気を失った。靄《もや》のかかったような意識の中で、坂江に「絶対に誰にも連絡するな」と言ったことだけは、おぼろげながら覚えている。

次に目が覚めた時には三日が経っていて、そばには自分の世話をする真歩という少女がいた。

冬真が着ていた制服を見て、坂江はおそらく陰陽寮の者だと気付いていたはずだが、冬真の願いを尊重し、どこにも連絡をしないでおいてくれたようだ。

「辻村透夜」という偽名を名乗った冬真に坂江は深い事情を尋ねず、怪我が完治した後も坂江診療所に置いてくれている。

良くしてくれる坂江に何も恩を返さないというのも申し訳なく、冬真は坂江にだけは過去に陰陽寮で働いていたことを話し、癒やしの力を使って患者を治す手助けをしている。

(志堂が犯人だったのか)

意外と驚きはなかった。一年捜しても、彼の居場所はわからなかった。だから、自分を殺そうとしたのは志堂だったのだろうと、既に心のどこかで気が付いていたのかもしれない。

(今は志堂が政府の犬となっているのか。政府が桜羽を危険視すれば、志堂は彼女を殺すに違いない。今以上に、桜羽を見守らなければ)

冬真は桜羽に無事を伝えなかったが、彼自身は時折、桜羽の様子を窺《うかが》いに行っていた。

華劇座の前で迎えを待っていた彼女の顔を思い出す。桜羽は一年前よりも、少し大人びたように思う。

志堂が桜羽を害そうとするのなら、自分は躊躇なく彼を殺すだろう。

そう考えて、冬真の口元に皮肉な笑みが浮かぶ。

政府の犬として鬼やあやかしだけでなく多くの人を殺してきた。今更、善人に戻る気はない。桜羽のためなら、この手を汚すことなど厭《いと》わない。

「九死に一生を得ても、腐った思考は治らないな」

自嘲《じちょう》のつぶやきを漏らした後、冬真は坂江診療所の門をくぐった。

＊

夕刻、いつものように患者に薬を届けに行った真歩は、ぼんやりと昨日のことを考えていた。

(透夜さんのお知り合いの方は、誰だったのかな……)

仲が良さそうには見えなかった。

(ううん。仲が良くないというよりも、お互いに遠慮があるみたいな……)

近くて遠いような二人の雰囲気を思い出しながら歩いているうちに、診療所に帰り着いた。

診療所の入り口から中に入り、母屋《おもや》へ向かおうとした真歩は、診察室から男の大声が聞こえてきて思わず身を竦《すく》めた。

「ですから、坂江さん！　今こそ、あなたが立つ時なんですよ！　穂高さんは弱腰で頼りにならない。私たちは強い指導者を求めています。あなたが適任なんです！」

診療時間は既に終わっており、日中混んでいる待合室に患者はいない。

何事かと心配になって診察室に行き、真歩は細く開いていた扉からそうっと中を覗《のぞ》き込んだ。

すると見覚えのある青年が、椅子に座る坂江に詰め寄っていた。シャツの上に着物を重ねた装いがハイカラだ。

（あの人、また来てる）

先日から、何度も坂江を訪ねてきている青年だ。確か坂江は彼のことを「保司君」と呼んでいた。

必死な表情を浮かべる保司を、坂江は静かに宥《なだ》めている。

「落ち着きなさい、保司君。何度頼まれても、私はもう自由民権運動に関わる気はないよ」

「あなたはかつて、その人徳で同志をまとめていたと聞いてます。民衆が自身の幸せを自らで選択できる世を作ろうと高い志を持っていたと……。その気持ちを忘れてしまったのですか？」

悔しそうにこぶしを握った保司に、坂江は「そうではない」と穏やかな口調で否定した。

「私は今でも、誰もが幸せに暮らせる世を作りたいと思っている。――『緑空党』に所属していた時、一部の若者たちが活動資金を集めるために資産家の邸《やしき》を襲い、強盗を働いた。行き過ぎた活動に疑問を感じ、私は党を離れた。町医者となって気付いたんだ。私が本当にするべきなのは、政府に盾突くことではなく、この目に映る人々を確実に助けていくことなのだと。壮大な夢よりも、一つ一つ実直に行動を重ねれば、誰かの幸せに繋《つな》がる。私には今、大切な患者や家族がいる。再び運動に身を投じれば、彼らを守ることはできなくなる」

坂江の言葉遣いは柔らかだったが、その瞳《ひとみ》には確固たる意志が宿っている。

保司は体の横でこぶしを握り、唇を嚙《か》んだ。何を言っても坂江の意志は変わらないのだと理解したのか、不満そうに坂江に背を向け、大股《おおまた》で真歩のほうへ近付いてくる。

「あっ」と思った時には診察室の扉が開き、真歩は保司と面と向かい合っていた。

保司はそこに真歩がいることに気付いていなかったのか、目を大きく見開いている。

真歩は慌てて体を退け、保司に会釈をした。保司はそのまま真歩の横を通り過ぎ、坂江診療所を出ていった。

「坂江先生」

診察室に入り、真歩は不安な気持ちで坂江に声をかけた。

「あの方、いつも何をしに来ておられるのですか？」

坂江は苦笑いを浮かべると、優しい声で、

「真歩は気にしなくていいよ」

と答えた。

「先生は……どこかへ行ってしまいませんよね？」

真歩には父親がいない。母親は一人で真歩を産んだ。父がどこの誰だったのか教えてもらったことはない。生活は大変だったが、真歩は母さえいれば幸せだったし、二人での暮らしは楽しかった。

質素な生活の中、五年前に母は病で亡くなった。天涯孤独となった真歩だが、母が通っていた診療所の医師、坂江から「家事をしてくれる人を探していたんだ。よかったらうちで働いてくれないか」と誘われ、彼の診療所に身を寄せることになった。

坂江は温かな人で、真歩は彼に、会ったことのない父親の姿を重ねた。

「何を言うんだい？　私はどこにも行かないよ。診療所があるし、それに真歩も透夜君もいるからね。君たちは私の家族なのだから」

坂江がそう言って、椅子から立ち上がる。

「少し疲れた。真歩、お茶を淹《い》れてくれるかい？」

「わかりました」

診察室を出て母屋に向かいながら、真歩は坂江に問いかけた。

「透夜さんはどこかに出かけておられるのですか？」

坂江のそばに透夜の姿がなかったことを思い出し、真歩は小首を傾げた。

彼は時々、ふらりと姿を消すことがある。

「用事があると言っていたよ」

(用事……)

いつの頃からか真歩は、透夜が出かけると不安を覚えるようになった。

透夜は優しいが、真歩に向ける瞳の中に、真歩ではない他の誰かを映しているように感じることがある。そういう時、切れ長の彼の目元は柔らかくなり、それでいて切なさも帯びていて、こちらまで胸が締め付けられるような気持ちになるのだ。

(透夜さんには、想う人や、帰りたい場所があるのかもしれない)

なんらかの事情で今は戻れないが、時が来たら、坂江診療所を出ていってしまうのではないだろうか……?

坂江が自分たちのことを家族だと言ってくれたように、真歩にとって、坂江も透夜も大切な存在だ。

透夜がここからいなくなった後のことを想像し、真歩の心は暗く沈んだ。

真歩が行方を心配していた、その頃。

冬真は、人気のない通りから、塀の向こう側に建つ洋館を見上げていた。

立派な建物だが、近所の人々はおそらく、この邸の主人がどのような人物なのか、はっきりとはわかっていないだろう。只人《ただびと》なら、建っていることすら気付かずに通り過ぎてしまうような、存在感の薄い邸だった。

冬真でさえ、意識していないと見落としてしまいそうになる。それは、この邸の主《あるじ》が、彼の許可なく何者も侵入できないように、厳重に結界を張っているからだ。まるで、大切な宝物を、誰にも奪わせまいとするかのように――

冬真は懐の中から、呪《まじな》い札を取り出した。複雑な文様が描かれたそれを指に挟み、しばらくの間、悩んだ後、懐へ戻した。

(式神を放てば、彼に私の存在を察知されてしまう)

小さく溜《た》め息をつく。

今のところ、桜羽に危険が迫っているようなことはなさそうだが、不安は拭《ぬぐ》えない。

冬真は、藍色《あいいろ》に変わりつつある空の下、鬼の頭領が住まう邸を見つめる。バルコニーの窓が開いて、桜羽が顔を出すのではないかと期待している自分に気付いて失笑する。

「我ながら未練がましいことだ……」

邸を離れようとした時、背後でキィと音がした。振り向くと邸の門が開いていて、焔良がこちらを見つめていた。

(気付いていたのか)

焔良が歩み寄ってくる。冬真は動かずに、彼を待った。

眼前までやってきた焔良は、

「こそこそと何度も俺の邸を覗きに来やがって。そんなに桜羽に会いたいならば、正面から訪ねてきたらいいだろう」

と、不機嫌な口調で言った。

「お前がいるのに、どのような顔をして？」

冬真は焔良の言い様に、皮肉な笑みを浮かべる。

「桜羽に、生存を教えないのはなぜだ？」

焔良の質問に、冬真は一言、

「守るため」

と返した。

「私は政府から消された存在。生きていると知られたら、桜羽にも危険が及ぶかもしれない。それを恐れて、彼女に自分が生きていることを伝えられなかった。今後も伝える気はない」

冬真の答えを聞いた焔良が、

「自分勝手だな……！」

と吐き捨てた。

「桜羽は今でもお前の行方を案じている」

桜羽が自分を心配してくれているのだと知って口元が綻《ほころ》びそうになり、冬真は顔を伏せた。

「桜羽に会いたくなったら、いつでも来たらいい。取り次いでやる」

顔を上げ、冬真は焔良を見た。

「寛容なことだな。私はお前の仇《かたき》だぞ。お前の父を殺し、仲間を殺した」

「確かにそうだが、俺は争うつもりはない。俺が願うのは、一族の平穏な暮らしだからな」

「……桜羽は、お前のそういうところに惹《ひ》かれたのかもしれないな」

ぽつりとつぶやかれた冬真の言葉を聞いて、焔良が黙る。

「念のため教えておく。元陰陽寮《おんみようりよう》副官の志堂が現在の政府の犬だ。彼に私の生存を知られた。桜羽に危険が及ばないよう気を付けろ」

冬真の忠告に、焔良は怪訝《けげん》な顔をした。

「志堂？」

「志堂は何かを探っている。それを辿《たど》った先に、私がいたようだ。桜羽はどうやら、私が世話になっている診療所の娘と関わりがあるようだ。こちらに来させないようにしてくれ」

「桜羽の意思を無視してか？」

焔良が「勝手だ」と言わんばかりに、冬真を睨《にら》み付ける。

「頼む」

冬真はそう言い残すと、焔良に背を向け、歩み去った。

＊

桜羽が虎徹から旭緋のことを聞いた三日後。焔良邸に朱士がやって来た。

桜羽が焔良に、旭緋が派閥を作っているらしいと知らせると、焔良はすぐさま朱士を呼び、旭緋が隠れている邸《やしき》を捜し出し、動向を探るようにと命じた。

長椅子に並んで腰掛ける桜羽と焔良の前に立った朱士に、焔良が、

「何かわかったか？」

と声をかける。朱士は「はい」と頷《うなず》き、調査結果の報告を始めた。

「桜羽様のおっしゃるとおり、旭緋様は焔良様に不満を持つ鬼たちを集めています。桜羽様が虎徹から聞いたという場所をあたってみると、保司家の本邸があり、旭緋様はそこに身を寄せておられることがわかりました」

「保司とはどういう家なんだ？」

焔良の質問に、朱士は淀《よど》みなく答える。

「保司家は元旗本だったようですが、現当主が事業に成功し、裕福な暮らしをしています。保司家の当主は横浜《よこはま》に居を移していますが、本邸には長男の照彰が残っており、旭緋様もそこに身を寄せています。照彰は帝都大学の学生で、今は休学中です」

帝都大学に通っているとなれば、照彰自身も優秀な人物のようだ。桜羽は首を傾げた。

「どうして休学をしているのかしら？」

「彼は大学の先輩に影響を受けて、自由民権運動に傾倒したようです。帝都内の人の集まる場所で演説を繰り返しているようですね。その場に旭緋様の姿があることも確認しています」

焔良のまなざしがすっと細くなる。

「旭緋が自由民権運動に興味があるとは思えない。なんらかの思惑があって、保司と共にいるのだろう」

「もともとの知り合い……じゃないわよね？」

桜羽の確認に、焔良が頷く。

「詳しい経緯はわからないが、旭緋と保司は偶然出会ったのだろうな。――旭緋の派閥に入った鬼たちの様子は？」

「頭領にふさわしいのは焔良様ではなく、旭緋様だと主張しているようです」

桜羽は唇を嚙《か》んだ。政府にあやかし狩りをやめさせ、人との関係を良くしようと尽力してきたのは焔良だ。

「どうして、皆は焔良を裏切ったの……？」

「それが……」

朱士は桜羽の顔を見た後、口を噤《つぐ》んだ。言ってもいいものかどうかと躊躇《ためら》う様子で瞳《ひとみ》を揺らす。

「教えて」

桜羽がきっぱりとした口調で頼むと、朱士は許可を得るように焔良に目を向けた。焔良が頷きを返す。

「『焔良様は、一族の仇である陰陽師の娘をそばに置いている。悪女に誘惑された焔良様はもはや腑《ふぬ》抜けであり、一族の長である資格はない。真に一族を思っているのは旭緋様である』――と」

朱士の回答を聞き、桜羽は膝《ひざ》の上でこぶしを握った。手のひらにじっとりと汗が滲《にじ》む。

（私のせいで）

唇を噛み俯《うつむ》いた桜羽だが、焔良に顎《あご》を摑《つか》まれ、強引に彼の方を向かされた。

「そんな顔をするな。お前は俺が伴侶《はんりょ》として選んだ女だ。胸を張れ」

桜羽を見つめ、断言した焔良の言葉がまっすぐに胸に届く。

「そうです。桜羽様は悪女ではないですし、よしんばそうだったとしても、女性に誘惑されて腑抜けになるような焔良様ではありません」

朱士の言い様に、桜羽は少し笑った。

「確かに、私が悪女だったとしても、そんな女に焔良が騙《だま》されるわけがないわね」

笑みを浮かべた桜羽を見て、焔良と朱士の表情が和らぐ。

焔良は桜羽の顎を離すと、優しく頬を撫《な》でた。「大丈夫」と言われているように感じ、心弱くなりかけた桜羽の気持ちが浮上する。

「しかし、旭緋が派閥を作ることができるほど、俺に対して不満を持つ者がいたということか。目が行き届いていなかった。……これは俺の落ち度だ」

苦々しく反省を口にする焔良に、桜羽は疑問を述べる。

「旭緋さんは、どうやって仲間を集めたのかしら？　焔良よりも自分のほうがいいって思わせたということでしょう？　『帝を京に戻せば鬼も政治に参加できるようになって、今よりもさらに安全な暮らしができるはず』って話した……とか？」

「桜羽の推測通りだろうな」

焔良が桜羽に同意する。

「帝を京に戻すのは困難だと思われますが……」

朱士は不思議そうだったが、焔良は確信しているのか、朱士の言葉を否定した。

「いいや。旭緋には、帝を京に戻せる自信があるんだ」

「会えないのに、どうやって京に戻ってもらうように頼むの？」

「帝が宮城から出てきた時に、直接会うつもりなのだろう」

焔良の予想に、桜羽は驚きの声を上げた。

「帝はそうそう宮城から出てこないわ！　神にも等しい御方だもの」

現人神《あらひとがみ》とも言われている帝は、普段は宮城の奥で生活し、外出することはほとんどない。

「それが、今は出てきている。上野公園で勧業博覧会が始まっただろう？　帝は会場に足繁く通い、展示品をご覧になっているそうだ」

焔良の言葉にはっとした。以前、斎木と訪れた上野公園で見た勧業博覧会の門を思い出す。

（そうか、あれってもう始まっていたんだ）

「焔良様。旭緋様の居場所はわかっています。保司家本邸に乗り込みますか？」

朱士に問いかけられ、焔良は腕を組んだ。目を伏せ考え込んだ後、顔を上げる。

「ああ。行こう」


こちらの行動が知られて逃げられないうちにと、焔良はすぐに動いた。

保司家本邸は番町の一角にあった。このあたりには、かつて旗本たちが多く住んでいたが、現在、彼らの屋敷跡は華族や官僚などの邸宅となっている。

江戸《えど》の風景と明治の風景が入り交じる住宅街に、昔ながらの武家屋敷である保司家本邸は建っていた。

「ここだな」

「立派なお屋敷ね」

焔良と桜羽は、馬車の窓から外を見て屋敷の様子を窺《うかが》う。脇門が開いており、内側に門番の姿が見えた。

「いきなり旭緋の名を出すよりも、保司照彰に会いに来たと言ったほうが、警戒されにくいだろうな」

焔良はそう言うと、軽く瞼《まぶた》を閉じた。桜羽の目の前で赤髪が黒に染まっていく。瞼を開けると、瞳も黒へと変わっていた。焔良が鬼の正体を隠し、人としてふるまう時の姿だ。

焔良は洋装姿で手にはトランクを持っている。桜羽も上品な訪問着を着ていて、二人は一見すると上流階級の若夫婦という出で立ちだった。

あえて門前に馬車を着ける。朱士が開けた扉から外に出て、桜羽と焔良は門へと歩み寄った。門番が二人の姿に気付き警戒する様子を見せたが、桜羽が会釈をすると表情を和らげた。

「保司照彰殿を訪ねてきました。お会いしたいのですが、ご在宅でしょうか？」

焔良が丁寧な口調で用件を述べる。「いきなり旭緋の名前を出すよりも、警戒されにくい」と言ってはいたが、突然訪ねてきた見知らぬ青年を、門番は中へ入れてくれるだろうか？

「ご子息様にご用事なのですね。失礼ですがお名前を伺ってもよろしいでしょうか？」

「名を言うのは憚《はばか》られるので、とある大名家の縁故の者と申しておきます。実は先日、保司照彰殿が街頭で演説しているお姿を拝見しました。お話にいたく感銘を受けまして、何かお力添えができないか、ご相談に参った次第です」

門番がハッとした表情で焔良を見つめる。このまま帰してよい客ではないと判断した

のか、

「少々お待ちください。ご子息様に確認して参ります」

と言って、屋敷のほうへ駆けていった。

「大名家の縁故……」

ちらりと焰良を見上げ、桜羽がつぶやくと、焰良は悪戯《いたずら》っぽく笑って自分の唇に指を当てた。

「嘘も方便だ」

しばらく待っていると、門番が戻ってきた。保司が会うと言っていると告げる。門番に案内されて敷地内に入る。石畳の道を歩いていくと、落ち着いた書院造りの建物が見えてきた。

玄関から中年の女中が姿を見せ「いらっしゃいませ」とお辞儀をする。

「どうぞこちらへ。ご子息様がお待ちです」

門番と別れ、邸内に入った桜羽と焰良は、女中に案内されるままに廊下を歩く。

格天井《ごうてんじょう》となった格の高い座敷で、保司は二人を待っていた。

着物の中にシャツを着た書生風の恰好《かっこう》をした青年は、我の強そうな顔立ちだったが、焰良を見ると緊張した様子で頭を下げた。

「私が保司照彰です。あなた様方は、大名家の縁故の方だとか。今日はどういったご用件でいらっしゃったのでしょうか」

焰良と桜羽が正座をすると、保司が恐る恐る問いかけた。

「突然、不躾《ぶしつけ》にお伺いして申し訳ございません。実は先日、あなたが街頭で演説しているお姿を偶然お見かけしました。熱心なご様子に、思わず聞き入ってしまいまして。あなたの述べておられた主張に共感するところがあり、ぜひ何かお力になれたらと、妻と共にお訪ねした次第です」

微笑みながらすらすらと嘘を述べる焰良に、桜羽は俯いて苦笑した。

「私の演説を聞いてくださったのですね。共感していただいたとは、非常に嬉《うれ》しいお言葉です」

感激した様子で声を震わせる保司の前にトランクを差し出し、蓋《ふた》を開けた。詰め込まれていた札を見て、保司が目を丸くする。

「これは私からの応援の気持ちです。ささやかですが、お受け取りください。ご活動の資金にしていただけましたら幸いです」

「なんと……そんなお心遣いまで……」

焰良の申し出に遠慮と喜びの表情を交互に浮かべながら、保司がトランクに手を伸ばす。

彼が札に触れる前に、焰良がさりげなく切り込んだ。

「ときに、保司様。演説会であなたに付き添っていた赤髪の青年、あの者は誰ですか？」

保司はぴたりと手を止めると、身を起こして正座をし直した。

「心強い協力者です」

「間違っていたら申し訳ないのですが、彼は……鬼なのではないですか？」

焔良の質問に、保司は意外にも隠すことなく「そうです」と答えた。

「鬼の一族の頭領で、旭緋さんという方です。彼も私の演説に感銘を受け、民衆主導の国会を作る手助けをすると言ってくださったんです」

「失礼ながら、鬼が自由民権運動を支持することに疑問を抱かなかったのですか？」

油断なく尋ねる焔良に対し、保司が至極真面目な表情で続ける。

「鬼は長年、政府から虐げられてきた者たちです。旭緋さんはおっしゃっていました。『政府が国会を開設したところで、鬼は政治に参加できないだろう。ならば自分たちで道を切り開かなければならない』と。旭緋さんの想いは私たちと同じなのだと、胸を打たれたのです。鬼の力を貸すと言ってくださったので、鬼も議会に出席できるような未来を作っていきましょうと、展望を語り合いました」

不穏な話になり、桜羽の頬が強ばる。けれど、ここで過剰に反応してはいけないと、意識して涼しい表情を保った。

「正直、私は今まで鬼のことなど興味がなかった。でも、旭緋さんを知り、鬼もまた、仲間を大切に思っていることに気付いたのです」

(鬼のことを考えてくれる気持ちは嬉しいのだけれど……着々と進んでいる政府の国会開設の準備を邪魔するなんて、混乱を起こすだけだと思うわ)

桜羽は疑問の気持ちで保司を見つめる。保司の瞳《ひとみ》は輝いていた。旭緋が同志になってくれたことが嬉しいのだろう。

(焔良はどう考えている？)

焔良の様子を窺《うかが》うと、彼は変わらず口元に微笑みを浮かべていた。

「民衆だけでなく、鬼の一族にも思いやりを持っている保司様に感動しました。叶うようでしたら、旭緋様にもご挨拶《あいさつ》をさせていただけたら嬉しいのですが、いかがでしょうか？」

保司を持ち上げつつ、さりげなく頼んだ焔良に、保司は申し訳なさそうな顔を向ける。

「今日はお帰りになりません。明日《あした》のために、鬼の一族の方々と計画の最終調整に――」

何か重要なことを言いかけた保司は、「話しすぎた」という顔で口を閉ざした。焔良は一瞬、彼に鋭いまなざしを向けたが、すぐに笑顔に戻り言葉を続けた。

「鬼の一族の方々とご一緒なのですね。鬼は妖力《ようりょく》を使うと聞いています。何かあった時に、これほど強い味方はいないでしょうね」

「はい。とても心強い味方です」

保司はそう言って、何度も頷《うなず》いた。

「では、これはお納めください」

焔良は保司のほうへトランクを押しやると、一礼して立ち上がった。

「あなた方の運動を陰ながら応援しています。――行きますよ」

焔良に促され、桜羽も保司にお辞儀をし、座敷を出る。

案内された廊下を戻り、玄関を出ると、焔良が桜羽の耳元で囁《ささや》いた。

「桜羽。この邸《やしき》に式神を残せるか？」

「見張りね？」

焔良の意図を察し、桜羽は胸元に忍ばせていた呪《まじな》い札を取り出した。

「南方より来たれ。鴿《こう》」

呪い札が鳩へと変わり、桜羽の指先にとまる。

「何かあったら、すぐに知らせて」

鳩は返事をするように「クルッ」と鳴いた後、軽い羽音を立てて飛び立ち、庭木の陰へととまった。

式神の報告に期待を残し、二人は保司家本邸を後にした。

馬車に戻り、焔良が、二人の帰りを待っていた朱士に声をかける。

「朱士。鬼の一族たちの住処《すみか》をまわり、動きを調べろ。旭緋が接触しているはずだ」

「手当たり次第に、ということですか？」

緊迫した様子で問い返した朱士に、焔良が「そうだ」と答える。

「誰に声をかけているかわからない。しらみつぶしにあたれ。あまり時間はなさそうだ」

「誰に声をかけているか……？」

焔良の言葉を繰り返した桜羽の脳裏に、虎徹の顔が浮かんだ。

「焔良。虎徹君の家に行きましょう！　旭緋さんの居場所を教えてくれたのは虎徹君よ。あの子の両親は、旭緋さんに心酔してる！」

桜羽は焔良の袖《そで》を引き、早口で言った。焔良がはっとした表情で桜羽を見下ろす。

「そうだな。確実な先があった」

焔良が馬車の扉を開けた。桜羽に乗るように促し、朱士に素早く命じる。

「朱士。虎徹の家へ向かえ」

「承知しました」

朱士が頷くと、焔良も馬車に乗り込んだ。

手綱を叩《たた》いて馬に合図を送り、朱士は馬車を発車させた。

虎徹の家に到着した頃には既に日は暮れ、薄暗くなっていた。

桜羽が玄関の戸を叩くと、勢いよく開き、虎徹が顔を出した。桜羽と焔良の姿を見て驚いた後、落胆の表情を浮かべる。桜羽は何かあったのだと察し、前屈《かが》みになって虎徹と視線の高さを合わせ、優しい声で問いかけた。

「虎徹君、こんばんは。虎徹君のお母さんかお父さんに会いたいのだけど、お家《うち》にいらっしゃるかしら？」

虎徹は桜羽の問いかけに、首を横に振った。

「お母さんもお父さんも帰ってない。『隠れ里に行くからお留守番していてね』って言って、朝から出かけていった」

「隠れ里に？」

焔良が怪訝《けげん》な表情でつぶやく。桜羽は焔良を見上げた。「ここは任せて」とまなざしで伝え、虎徹に視線を戻す。

「お母さんとお父さんは、なんのご用事で隠れ里へ行ったの？」

「旭緋様のお使いで、あやかしを迎えに行くって」

「あやかしを……？」

怪訝な顔をした桜羽に、虎徹がすがるように言う。

「桜羽先生。最近のお母さんとお父さん、変なんだ。旭緋様の言うとおりにしたら、何もかもがうまくいく、そうしたら京に引っ越しましょうねって言うんだ。俺、京になんて行きたくない」

目をこする虎徹の頭を、焔良が優しく撫《な》でる。

「虎徹。今日は俺の邸に来い。両親がいつ帰るかわからないのなら、子供一人だけで家に置いておけない」

「でも……」と遠慮しようとした虎徹に、桜羽も言い添えた。

「それがいいと思うわ」

二人は虎徹を伴い、朱士が待つ馬車に乗り込むと、焔良邸へ帰った。桜羽は、迎えに出てきた心花に事情を話し、虎徹を任せた。

焰良と共に居間に入り、長椅子に座って向かい合う。

「虎徹君のご両親が、あやかしが住む隠れ里に行ったという話、どう思う？」

焰良はずっとそのことについて考えていたのか、桜羽が問いかけると、すぐに口を開いた。

「旭緋はおそらく、博覧会視察に来た帝に直接会おうとしているんだろう。だが、帝のまわりには護衛がいるはずだ。あやかしを使って護衛を蹴散《けち》らすつもりなのかもしれない」

「乱暴すぎるわ！　そんなことをしたら、要求など、ますます聞いてもらえない」

思わず大きな声を上げた桜羽に、焰良が最悪の展開について予想を述べる。

「帝に京に戻ってもらうよう要求しても聞き入れてもらえないだろうと、おそらく旭緋もわかっている。だから、帝を誘拐し、無理矢理にでも京に連れ帰る計画を立てている可能性も考えられる」

「誘拐なんて滅茶苦茶よ！　帝を京に戻せば政権を取り戻せるなんて言って、旭緋さんを唆した人は一体誰なの？」

桜羽の胸中に怒りが湧く。

「旭緋を操っている者を捜そう。だがその前に、旭緋がしようとしていることを止めなければ。――明日は勧業博覧会へ行く。保司は明日、なんらかの計画があると言っていた。帝の身に危険が迫っているのかもしれない。桜羽も来てくれるか？」

焔良の頼みに、桜羽は「ええ、行くわ」と頷いた。

＊

翌日、桜羽と焔良は門が開くのと同時に、勧業博覧会の会場に入った。見物人で賑《にぎ》わう通路の両側には第一から第五までの本館が建っている。各府県の物産品が展示されている会場だ。確か野分の会社も、最新式の印刷機械を提供していたはずだ。

本館には出入りしやすいよう、いくつも入り口があり、中を覗《のぞ》くと『愛知縣』『大阪府』などと府県の名が記された旗が、ずらりと並んでいた。

「帝はどちらを視察されていらっしゃるのかしら？」

旭緋よりも先に帝に接触しなければと周囲を見回す桜羽に、黒髪黒目に姿を変えた焔良が答える。

「先日、帝が本館を視察されたという新聞記事を見た。順番に行けば、まだ御覧になっていないのは北会場の博物館だろう」

二人は足早に南会場の通路を通り抜け、北会場の入り口へ向かった。

北門のまわりには制服姿の巡査たちが立っており、厳戒態勢が敷かれていた。近付いてきた桜羽と焔良に気付き、巡査が行く手を阻む。

「何者だ。今、北会場は立ち入り禁止だ」

「帝が視察中のため、一般の見物人が入れないようにしているのだろう。

「帝のお耳に入れたいことがあるのです。どうか通してもらえませんか？」

桜羽は巡査に頼んだが、巡査はすげなく「だめだ、だめだ」と拒否した。乱暴に体を押し返され、よろめいた桜羽を焔良が支えた。

「帝に直接会うことができないのならば、御付きの者でもいい。帝に危険が迫っている。警戒するよう伝えてくれ」

真剣な表情の焔良を見て、巡査たちは顔を見合わせた。「この者は何者だ？」「何を言っているんだ？」とひそひそと話し合っている。

「いい加減なことを言うな。捕縛するぞ！」

上官らしき巡査が凄《すご》んだ時、バタバタと足音がして、数人の男たちが駆け寄ってきた。その中に保司の姿を見つけ、桜羽が「あっ」と声を上げた時には、彼らは手にしていた何かをこちらに向かって投げつけていた。

バンッ！という激しい爆発音が鳴り、炎と土煙が舞い上がる。

「な、なんだ！」

「爆弾？」

周囲で次々と破裂する爆弾に、巡査たちが色めき立つ。数人の巡査が爆発に巻き込まれ、倒れた。呻《うめ》き声を上げる巡査たちの腕や顔から、血が流れている。

「犯人を捕らえろ！」

爆発から逃れた巡査たちが、保司たちに摑《つか》みかかる。その場が騒然とする中、桜羽の頭上から、一羽の鳩が舞い降りてきた。昨日、保司家本邸に置いてきた式神だ。

鳩は一旦《いったん》桜羽の肩にとまったが、しきりに鳴き声を上げると、再び飛び立った。式神がどこかへ案内しようとしているのだと気付き、桜羽は焰良を振り向いた。

「焰良、あの子を追いましょう！」

「わかった」

混乱を極めている場から離れ、二人はがら空きになった門をくぐった。飛んでいく鳩を追いかける。

北会場の中心には噴水があり、勢いよく水を噴き出していた。その向こうに建つのは、英国人建築家が設計したという博物館だ。正面にドームの屋根飾りが二つ付いた、モダンな建築物だった。

国旗が掲げられた入り口のそばにいるフロック姿の男性と、彼を取り囲む背広姿の男たちを見つけ、桜羽の足が速くなる。

（あの方が帝ね）

北門外での爆発音と巡査たちの怒声で騒動に気付いたのか、御付きの護衛の者たちが警戒している。数人が様子を見に走り、残った者は、この場から帝を遠ざけねばと、慌ただしく動いていた。

「帝、ご移動しましょう」

「乾《いぬい》の方角に門があります」

護衛の者たちに促され、帝が頷《うなず》いている。帝は三十代半ばと言ったところだろうか。すらりとした体型で、顔立ちは整っている。その表情にはなんの焦りも浮かんでいない。

(この騒動でも平然としておられる……?)

桜羽は帝の落ち着きぶりに驚いた。平然というよりも、無表情と言ったほうが正しいだろうか。

(政権を明治政府に渡しているといっても、さすが、この国の頂点に立つ御方ね。肝が据わっていらっしゃるわ)

心の中で感心していたら、桜羽と焔良に気付いた護衛の一人が、鋭い誰何《すいか》の声を上げた。

「何者だ!」

護衛が懐に手を入れ、拳銃《けんじゅう》を取り出した。銃口を向けられ、桜羽と焔良は足を止める。

「怪しい者ではない。帝に危険を知らせたい」

焔良が声を張り上げた時、先に乾門に向かっていた護衛の悲鳴が響き渡った。

「うわぁぁあっ!」

「あ、あやかし!」

その言葉にびくりとして振り向いた桜羽の視線の先に、大猿のあやかし・猩々《しょうじょう》、怪鳥・以津真天《いつまで》を始め、大小のあやかしたちの姿があった。あやかしから帝を守ろうと、護衛たちがまわりを固める。

あやかしに指示を出し、操っている鬼の一族たちを見つけ、桜羽は目を見開いた。その中に虎徹の両親もいる。

「榮子さん！　達喜さん！」

彼らを率いて先頭に立っているのは旭緋だ。焔良が舌打ちをする。

「最悪だ」

焔良に気付いた旭緋は一瞬驚きの表情を浮かべたが、すぐに苦々しげな顔になった。

「こんなところまで邪魔しに来たか。焔良」

旭緋は大きく腕を振った。

「帝を拉致《らち》せよ」

命じられた鬼たちが、一斉に帝のもとへ走る。

「させるか」

焔良が帝と鬼たちの間に立ち塞《ふさ》がり、行く手を阻むように炎の壁を生じさせた。焔良の髪色が赤に戻る。

鬼たちは怯《ひる》み足を止めたが、旭緋はかまわず壁を突破し、焔良に殴りかかった。焔良が腕で旭緋のこぶしを受けとめる。壁が消えた隙を見計らって、鬼たちが帝の拉致に向かったが、今度は桜羽が彼らを足止めした。

「北方より生じたる水気《すいき》よ、玄武の力で水壁を作って！」

放った呪《まじな》い札が姿を変え、滝を落とす。鬼たちが怯《ひる》み、指示を求めるように旭緋を振り返る。

「陰陽術《おんみょう》か。小賢《こざか》しい真似を」

旭緋は焔良の前から後方に飛ぶと、桜羽を睨《にら》み付けて腕を上げた。旭緋の手のひらに炎の球が浮かぶ。

「消えろ。目障りだ」

旭緋が桜羽に向かって火球を放った。桜羽はもう一枚、懐から呪い札を取り出し、水球を作る。水球が旭緋の火球とぶつかり、炎を消滅させる。

陰陽師に得意な五行があるように、鬼も炎や水などの属性を持っている。旭緋も焔良と同じく、炎の妖力《ようりょく》を持つようだ。

五行には相剋《そうこく》という関係がある。桜羽の水は火に剋《か》つ。朔耶と瑞樹の力を受け継ぎ、類い稀《まれ》な水の力を持った自分が負けるはずはないと、桜羽は自分を奮い立たせた。

「旭緋！　帝の拉致など、馬鹿な真似は止《や》めろ！」

焔良が旭緋の間合いに飛び込み、胸ぐらを摑む。

「邪魔をするな！　帝を京に戻せば、黒宮《くろみや》様が今以上に鬼を庇護《ひご》してくださる！」

「庇護は本当の意味での幸せではない。自ら立ってこそ、俺たちの未来は明るくなる」

旭緋と焔良が揉《も》み合っているうちに、桜羽は急いで帝の姿を捜した。護衛に守られながら、この場から離れようとしている。

(旭緋さんのことは焔良に任せよう。私は帝を——)

帝の御身をお守りしようと動きかけた桜羽は、突然背後から羽交い締めにされて動けなくなった。

「……っ」

「貴様も鬼の仲間だな!」

身に付けているサーベルが目に入り、相手が巡査だとわかる。北門の騒動を収め、駆けつけたようだ。

巡査たちは、サーベルであやかしに応戦し、鬼の一族たちを捕縛していく。桀子と達喜が捕らえられる様を、桜羽は目撃した。

(二人に何かあったら、虎徹君が悲しむ……!)

手錠をかけられながらも桜羽は二人のもとへ向かおうとしたが、巡査に地面に押さえつけられた。

「桜羽!」

桜羽の危機に気付き、焔良が叫んだ。桜羽を助けようと旭緋の前から身を翻そうとしたが、背を向けた途端、旭緋に火球で撃たれた。

「……っ!」

火が点《つ》いた羽織を焔良が脱ぎ捨てている間に、旭緋が帝のもとへ走る。

「小者ども、どけ！」

炎を繰り出し、護衛を蹴散《けち》らし、旭緋は帝に手を伸ばした。帝は後ろに身を引いたが、旭緋はその腕を摑むと、

「以津真天、来い！」

と叫んだ。

以津真天の背に乗せるため、旭緋が帝を担ぎ上げようとする。帝は強く抵抗するでもなく、空いていたもう片方の腕を軽く掲げた。薄い唇を開き、何やらつぶやく。

——その瞬間、周囲をまばゆい光が覆った。

「きゃあっ！」

光に瞳《ひとみ》を強く刺され、桜羽は咄嗟《とっさ》に目を瞑《つぶ》った。

「何だ!?」

「くそっ！」

焔良と旭緋が驚愕《きょうがく》している声が聞こえる。

太陽が降りてきたかのような明るさで、瞼《まぶた》から光が透けて入ってくる。

（痛いぐらいの光……！）

ちかちかとした眩《まぶ》しさが収まり、恐る恐る瞼を開けて周囲を見回すと、その場にいた巡査たちも帝付きの護衛たちも袖《そで》や手で顔を覆い、目をかばっていた。只《ただ》一人、帝だけが平然とした表情で立っている。

焔良と旭緋は、桜羽よりも先に目を開けていたのか、油断のない表情で帝を睨み付けていた。

「今、何をした？」

焔良が低い声で問いかけたが、帝は涼やかなまなざしを向けただけで答えない。

捕らえていた帝を一度離した旭緋が再び腕を伸ばそうとしたが、我に返った巡査たちがそれに気付き、一斉に飛びかかった。

「クソッ！　離せ！」

暴れる旭緋を、巡査たちが数人がかりで押さえ込み、手錠を掛ける。

「旭緋！」

駆け寄ろうとした焔良の周囲を護衛たちが取り囲み、一斉に銃を向けた。

「やめて！」

叫ぶ桜羽を、巡査が乱暴に引っ張り上げる。

「歩け」

引きずられながら、桜羽は帝を振り返った。帝は変わらぬ無表情で、惨憺《さんたん》たる有様となった光景を眺めていた。小さく溜《た》め息をついた後、まるで汚れから瞳を守るように、背を向けた。

ふと、桜羽の脳裏に一つの仮説が閃《ひらめ》く。

（初代帝は太陽神の子孫。今上帝は現人神《あらひとがみ》……神の末裔《まつえい》。先ほどの光は、神の力……？）

焔良は以前、鬼の一族には妖力を持つ者と持たない者がいて、なぜ差ができるのか理由はわからないと話していた。

古《いにしえ》の時代、日本を統治しようとした大王《おおきみ》に対抗した鬼の一族。神の子孫である帝。

（両者が持つ力は、一体、何？）

桜羽は混乱しながらも、巡査に引き立てられていった。

＊

焔良と離され、どれぐらい時間が経ったのだろう。

独房に入れられていた桜羽は、「おい」と呼ばれて、抱えていた膝《ひざ》から顔を上げた。

窓から看守が覗《のぞ》いている。

「……なんでしょうか？」

静かな声で尋ねると、がちゃがちゃと音がした。扉が開き、看守が桜羽を手招く。

「出ろ」

釈放されるのだろうか。

独房を出た桜羽は、看守に連れられるままについて行く。

（焔良や旭緋さん、他の皆は大丈夫かしら？）

旭緋の帝拉致《らち》計画が失敗し、巻き添えで捕まった焔良や、鬼の一族たちのことが心配だ。

ここの囚人は女性ばかりなのか、男性の声は聞こえない。彼らは別の棟に投獄されているのだろう。

建物を出ると、看守は停まっていた馬車に近付き、桜羽に乗るよう促した。

有無を言わせない様子に、桜羽は馬車の扉を開けた。中を見て、目を見開く。先に乗車していたのは、大庭内務大臣と、護衛の者、それから――

「志堂さん……！」

陰陽寮時代の上司の姿がそこにあり、桜羽は思わず声を上げた。

大庭が桜羽に向かって「入りなさい」と声をかける。桜羽は素直に馬車に乗り込んだ。看守が扉を閉める。ガタンと大きく一度揺れると、馬車はゆっくりと動きだした。

「難儀な目に遭いましたな。月影桜羽嬢」

大庭は鷹揚《おうよう》に桜羽に話しかけた。

桜羽は油断なく身構えながら、

「焔良……鬼の頭領は、今回の帝拉致計画とは無関係です。もちろん、私も。私たちは、首謀者を止めようとしていました」

と、告げた。

「ふむ」

大庭は相づちを打ったが、信じていない顔をしている。

「志堂君。彼女はこう言っているが？」

促された志堂は静かな声で答えた。

「鬼の頭領が今回のことに無関係だと言い切れる確証はありませんが、首謀者が別の者だったのは確かです。民権派である保司と関わり、共謀して今回の計画を練ったのは旭緋という鬼です」

「志堂さん、どうしてそれを……？」

驚く桜羽に、志堂は何も言わない。

（志堂さんは政府のもとで働いているというの？　そういえば志堂さんは、冬真様の命令で鬼の子供たちを攫《さら》って、闇のオークションを開催していた先の外務大臣に渡していたわ。冬真様が政府の手先として働いていたことを知っている。政府と直接関わりがあってもおかしくない）

疑問を浮かべる桜羽の表情を見て、大庭が「ああ、彼のことかね？」と杖《つえ》の柄で志堂を差した。

「彼は今、我々のもとで働いてくれているのだよ。だが、もう一人、適任の者が見つかったので、人員を増やそうかと思っている」

「適任の者？」

「誰？」と考え、桜羽ははっと気が付いた。

「……私？」

　思わず漏れたつぶやきに、大庭が頷《うなず》く。

「君は鬼と人の力を持つ、類い稀《まれ》な陰陽師《おんみょうじ》だ。しかも、癒《い》やしの力も使えると聞いている。加えて、月影家の最後の直系。――我々のもとで働くべき人物だ」

　断言されて、桜羽の胸中に怒りが湧く。

（なんて勝手な！）

　大庭の隣で志堂が目を伏せた。

「私は政府のしもべとして働くつもりはありません！」

　桜羽はすかさず拒否したが、大庭はにやりと口角を上げた。

「君が我々のもとで働くのなら、君の許嫁《いいなずけ》と彼の一族を解放してもいいのだがね」

「……っ！」

　桜羽は膝の上で強くこぶしを握った。

　焔良と、鬼の一族たちは人質に取られているのだと理解し、怒りで体を震わせる桜羽を見て、大庭が優しい声で続ける。

「君が断るのなら、彼らは裁判にかけられるだろうが、帝を害しようとしたのだ、どういった判決を下されるのか、私にもわからない。――それよりも早く、不幸な事故が起こる可能性もあるかもしれないがね」

　暗に、死刑台へ行くか、暗殺されるかもしれないと脅されていることを察し、桜羽は瞬時に考えを巡らせた。

（私が本気を出せば、この人たちを倒し、この場から逃げ出すことは可能。朱士さんと合流して、一緒に焔良を助ける方法を考えて――）

けれどそれは陰陽術を人に向けるということ。

桜羽が彼らを傷つけたとなれば、焔良たちも無事でいられるかどうかわからない。仮に大庭を倒したとしても、彼の上には御手洗総理大臣がいるのだ。

唇を噛《か》む桜羽に、大庭が猫なで声で続ける。

「君は月影家を継ぐべきだ。そして、我々のもとで働きたまえ」

第四章

坂江診療所の郵便受けに新聞を取りに出た冬真は、紙面に躍る見出しを見て息を呑《の》んだ。

『鬼の一族、勧業博覧会会場で帝を襲う！』

急いで文面に視線を走らせるうちに、冬真の表情が険しくなっていく。

記事を読み終わった後、冬真は新聞をぐしゃりと握り潰《つぶ》した。

「どういうことだ……！」

鬼の一族の平穏な暮らしのため、争わないと言った焔良が、このような事件を起こすとは信じられない。

新聞には、鬼の頭領と彼の身内、それから数人の鬼の一族と、民権家が捕らわれたと書かれている。

坂江のもとに度々、保司という青年が来ていたことを思い出す。彼は坂江をしきりに自由民権運動に誘っていた。坂江に事情を聞いたところ、坂江は昔、運動に身を投じていたが、仲間の愚行が許せず、袂《たもと》を分かったそうだ。

（先生は何か知っているだろうか？）

家に戻ろうとした時、

「冬真」

と、名を呼ばれた。誰かが近付いてきた気配は感じなかった。振り向くと、門の外に志堂の姿があった。

（相変わらず気配の薄い奴め）

冬真に歩み寄ってきた志堂は、冬真が手にしている新聞に気付き、軽く眉《まゆ》を上げた。

「読んだのか」

帝の件だと気付き、冬真は頷いた。

「お前は事情を知っているか？」

落ち着いた声音で尋ねると、志堂は小さく頷いた。

「概《おおむ》ね、そこに書いてあるとおりだが、違うこともある。真相を言えば、鬼の頭領は、民権家と手を組んで帝の拉致を企《たくら》んだ同胞を止めようとしていたらしい。巻き添えで捕縛された。その場にいた月影も」

「桜羽も？」

冬真は無意識にひゅっと喉《のど》を鳴らしていた。血の気が引く。

「なぜ？」

気付けば、冬真は志堂の胸ぐらを掴《つか》んでいた。

志堂は必死な冬真を冷めた瞳《ひとみ》で見つめ返した。

「お前の頭の中は相変わらず、あの娘のことばかりだな。……私の入る余地もないほどに」

「どういう意味だ？」

険しい表情で睨《にら》む冬真の腕を払いのけ、志堂はシャツの襟元を整えた。

「私は陰陽寮に所属していた時から、内務省の間諜《かんちょう》として働いていた。いつかお前に成り代わってやろうと機会を窺《うかが》いながら……。明治政府に必要なのは月影冬真ではなく、この私、志堂逸己。私を蔑《ないがし》ろにするお前よりも高みへ行きたい。そうすれば、長年私を苛《さいな》んでいた焦燥感から解放されると……思っていた」

冬真は志堂の言葉の意味を探るように、無言で耳を傾けている。

一旦《いったん》言葉を句切り、志堂は「ハッ」と短く笑った。

「だが、それも無意味だった。政府は私よりも優秀な者を手に入れた」

「……まさか」

冬真の心臓が嫌な音を立てる。志堂は感情を押し殺したような声で、

「月影桜羽。彼女は政府の犬となった」

と告げた。

「政府は今回の帝拉致《らち》未遂事件の黒幕は、京にいる公家《くげ》華族、黒宮仁丸《ひとまる》だと調べ上げた。桜羽には彼の暗殺命令が下されている」

「まさか！　彼女がそのようなこと、承諾するはずがない」

冬真はすぐさま否定したが、志堂の「婚約者の命がかかっていれば、彼女はなんでもするだろう」という言葉で、彼の話が真実なのだと認めざるを得なくなった。

愕然《がくぜん》とする冬真と対照的に、志堂は無表情だ。

冬真が、ぐっとこぶしを握る。

「桜羽の手は汚させない」

「ならば、お前が黒宮を殺すか？」

その問いかけに対しては何も答えず、冬真は志堂に尋ねた。

「どうして私に桜羽のことを知らせた？」

志堂はふっと視線を逸《そ》らすと、

「さあ……」

と、つぶやき、冬真に背を向け去っていった。

＊

桜羽が月影家本邸に戻ってから一週間が経った。

移ってきた当初、誰もいなかった本邸には、今、数人の使用人が住み込んでいて、桜羽の身の回りの世話をしている。突然、本邸へ戻ってきた桜羽のため、野分時彦が至急手配した者たちだった。

自室で旅支度をしていた桜羽は、女中の、

「桜羽様。時彦様がいらしています」

という呼びかけで顔を上げた。

「野分様が？」

荷造りの手を止める。

（ちょうどよかったわ。しばらくの間、帝都を離れると伝えておかなければと思っていたところだった）

客間へ向かうと、時彦が控えていた。桜羽は時彦の前に正座をし、挨拶《あいさつ》をした。

「お久しぶりです。野分様」

「桜羽様、このたびは本家にお戻りくださり、ありがとうございます」

丁寧に頭を下げる時彦を、桜羽はじっと見つめた。結局、彼の思い通りに、月影家に戻ることになってしまった。

「野分様にお伝えしたいと思っていたことがありました。私、明日《あした》、京へ発《た》ちます」

桜羽の言葉を聞いて、野分が目を丸くした。

「京へ？　何用でですか？」

野分の質問に、桜羽は暗い瞳で曖昧《あいまい》な微笑みを返した。それで察したのか、野分は納得した表情で頷《うなず》くと、

「お勤め、ご苦労様でございます」

と言って、一礼した。

「……用事が終われば、すぐに帰ってきます。それまで、月影家と一族の者たちをお願いできますか？」

「承知致しました。お任せください」

野分はしっかりと頷き、桜羽の依頼を引き受けた。

＊

籐《とう》のトランクを手に持ち、袋に入れた刀を腰に差した桜羽は新橋驛《しんばしえき》のホームに立っていた。一時的にでも帝都を離れることに寂しさを感じ、振り向く。

（焔良）

別れ別れとなってしまった婚約者を想い、切なさで胸が苦しくなった。

――警察は旭緋に今回の拉致計画の目的を問いただし、彼に「帝を京に連れてくれば、鬼も政治に関与させる」と約束した人物が、黒宮仁丸という公家華族だと吐かせたらしい。

その話を大庭から聞かされた時、桜羽は恐ろしさで目眩《めまい》を覚えた。

やり方は強引だったが、旭緋の行動理由の全ては「鬼の一族のため」。彼が素直に支援者だと信じている者の名を白状するとは思えない。警察は、信念の強い彼ですら耐えられないほどの拷問をしたのではないだろうか。

保司たち民権派は、帝に政府主導の国会開設の勅諭を撤回してもらい、民衆主体の国会を開くことを認めてもらおうと考えていたらしい。旭緋が「帝を京にお連れした後、話し合いの場を設ける」と約束し、手を組むことになった。

本当の計画は聞かされないままに攪乱《かくらん》を頼まれた保司たちは、旭緋が帝を拉致して京に連れていくという強硬手段に出るなどとは、思ってもいなかったようだ。彼らは、自分たちが時間を稼いでいる間に旭緋が帝と対面し、京に戻ってもらうよう説得するつもりなのだと、平和な思い込みをしていたらしい。警察に捕らわれた保司は手のひらを返したように「私は鬼に騙《だま》された被害者だ！　自由民権運動も、大学の先輩が勧めたから参加しただけだ！」と訴えているという。

顚末《てんまつ》を尋ねた桜羽に、大庭は「若者の浅薄な考えは困るな」と馬鹿にしながらも、これらのことを教えてくれた。保司が本気で活動に取り組んでいたのか、先輩に影響を受けただけで深い思想はなかったのか、桜羽にはわからなかったが、保司を嗤《わら》う大庭を見て、いい気持ちはしなかった。

焰良が捕らわれたことにより、帝都の鬼の立場は再び危うくなっている。鬼が帝を拉致しようとしたという話が新聞に載り、身の危険を感じた鬼たちは外出を控え、家に引きこもっている。もちろん、学校も休校となっている。

監獄から外に出され、内務省に連れてこられた桜羽は、大庭に「焔良を釈放してほしい」と訴えたが、大庭は「鬼の頭領と彼の一族を釈放してほしければ、我々のもとで働きたまえ」と桜羽に迫った。「できない」と突っぱねると、

「旭緋という鬼は口が固かったが、こちらが優しく頼むと、色々なことを教えてくれたよ。さて、焔良殿はどうだろうか？」

と言われ、血の気が引いた。

「旭緋殿は、一日経てば我々に対し協力的になってくれたそうだ。焔良殿は意志が強い方だからな。もう少し時間がかかるかもしれないが……何度も頼めば、きっと心を開いてくださるだろう」

「や、やめて……」

大庭が焔良に何をしようとしているのかを察し、桜羽の声が震える。

「焔良は何もしていません。今回の計画とは無関係……止めようとしていただけ」

「君の主張を、我々が信じるとでも？」

冷たい声音で拒否され、桜羽は震えながら、何度も首を横に振った。

「ああそうだ、焔良殿の場合、ご本人に尋ねるよりも、一人ずつお仲間に聞いたほうが効果的かもしれないね」

桜羽の脳裏に、榮子と達喜の姿がよぎった。二人を助けられなかったら、虎徹に顔向けできない。あの心優しい少年を悲しませたくない。

桜羽は体の横でこぶしを握った。

呪《まじな》い札は、大庭の執務室に入る時に取り上げられている。

（札がなくても、水の呪いは使えるけれど……！）

最も得意とする水気《すいき》ならば、札がなくとも操れるはず。

怒りのままに、大庭を攻撃する考えも浮かんだが、今ここで桜羽が暴れたところで、焔良や皆が釈放されるとは限らない。余計に彼らを危険に晒《さら》すだけだ。

強く噛《か》んだ唇が切れて、口の中に鉄の味が滲《にじ》む。

「君が政府に仕える気があるのなら、京へ赴き、黒宮仁丸を殺して来たまえ。そうすれば、鬼たちの釈放について考えよう」

大庭の交換条件を聞き、桜羽は、ぎゅっと目を瞑《つぶ》り、固い声で答えた。

「……承知しました」

そう、頷くことしかできなかった。

――目の前には、京へ向かう列車が停まっている。

桜羽は小さく息を吐くと、足を踏み出した。その時「桜羽！」と懐かしい声に名を呼ばれた。

ハッとして振り向き、こちらに向かって駆けてくる青年の姿を見て目を見開く。

首元でくくられた長い髪がなびいている。彼は、顔の半分を覆うほど大きな眼帯をしていたが、間違いようもない。

「冬真、さま……？」

桜羽は呆然《ぼうぜん》として、養い親だった月影冬真の名を口にした。

桜羽のそばまでやって来た冬真は、弾む息を整えるように胸を押さえた。冬真がこんなふうに額に汗をかいている様子は初めて見る。

「桜羽」

冬真がもう一度桜羽の名を呼んだ。

桜羽は震える唇で、冬真に尋ねた。

「生きて、いらっしゃったのですね……」

様々な感情が胸に押し寄せ、目に涙を浮かべた桜羽を見て、冬真は、僅《わず》かに申し訳なさそうな顔をした。表情が豊かでなく、何を考えているのか読みにくいところは以前と変わらず、桜羽は「やはり冬真様だわ」と、あらためて思った。

「どうして知らせてくださらなかったのですか？」

声に非難を滲ませて問いかけると、冬真は、

「お前に危険が及ばないよう、知らせることはできなかった」

と答えた。

「どういうことですか？」

「一年前、華劇座の火事から逃げようとした私は、何者かに殺されかけた。おそらく、政府の手の者が、多くの秘密を知る私を消そうとしたのだと思う。私が生きていると知

られたら、再び暗殺者に狙われ、桜羽も危険に晒すかもしれないと考えた」

「政府の手の者……？」

桜羽の脳裏に志堂の顔が浮かんだ。

（まさか）

冬真を殺そうとしたのは志堂ではないかと察し、思わず口元を手で覆う。

何かに気付いた様子の桜羽を見て、冬真が、

「どうした？」

と、声をかけた。声音に心配する響きを感じ、桜羽は彼が本当は優しい人であったことを再認識する。

「冬真様を殺そうとしたのは、志堂さんですよね」

「………………」

確信している桜羽を、冬真は無言で見つめていたが、しばらくして、軽く溜《た》め息をついた。

「気付いていたのか」

「はい。志堂さんが政府のもとで働いていると知ったのは、つい最近ですが」

「そして今は、お前も、その役目を担っているのだな」

冬真に確認されて、桜羽は目を伏せる。情報源がどこなのかはわからないが、冬真は桜羽が月影家を継ぎ、政府のために働くと決めたことを知っている。

「焰良を助けるためです。鬼の一族には、彼が必要だから」

「奴は、お前が暗殺者となってまで自分を助けることなど望まないだろう」

「でも、他に方法がないのです！」

桜羽は悲痛な声で叫んだ。

朱士も焰良を助けようと手を尽くしてくれたが——その中には、監獄に忍び込み焰良を脱獄させようという強引な計画も含まれていた——八方塞《はっぽうふさ》がりに終わった。

「私は京へ行きます」

桜羽は袋の上から刀を握った。

焰良のためなら、この手を血に染めたっていい。

暗い瞳《ひとみ》で決意を口にする桜羽を、冬真は真剣な表情で止める。

「だめだ。私はお前を罪で汚したくない。それは、焰良も同じはず」

(私は無力だわ)

桜羽は皮肉な微笑みを浮かべた。

「もう行きますね」

列車のタラップに足をかける。この列車に乗ったら、桜羽が暗殺に成功し、焰良が解放されたとしても、彼のもとへは二度と戻れないような気がした。

身軽に階《きざはし》を上り車中に入った時、発車のベルが鳴った。

その瞬間、冬真が動いた。素早くタラップを上がり列車に乗り込むと、桜羽の目の前に立った。

「冬真様、なぜ！」

桜羽の声が、発車した列車の車輪音にかき消される。

「私も行こう」

確固とした声でそう言うと、冬真は先に立って客車へと入っていった。

＊

開通したばかりの東海道線《とうかいどう》に乗り、約二十時間弱。到着した京都驛《きょうとえき》――七条《しちじょう》ステンショは、煉瓦《れんが》造りのハイカラな駅舎だった。

外に出た桜羽は、両手を空に上げて伸びをした。固い椅子に座っての長旅で、体が強《こわ》ばっている。

「桜羽。京にいる間に滞在する場所のあてはあるのか？」

隣に立つ冬真に聞かれて、桜羽は首を横に振った。

かつては月影家も京に住んでいたとはいえ、今はもう邸《やしき》は残っていない。

「宿を探すつもりです」

「そうだな。まずは市街地へ行こうか」

冬真はそう言うと、駅前に停まる人力車に歩み寄った。桜羽はその後を小走りに追う。

まさか冬真と共に京に来ることになるとは予想もしていなかった。

(私は黒宮を暗殺しに来たのに、冬真様が一緒では、どう動けばいいかしら……)

冬真は桜羽が黒宮を殺すことを止めたいようだ。彼の目を盗んで黒宮のもとへ行かなければならない。

桜羽についてきた冬真が、この後、どう出るつもりなのかわからない。桜羽を説得して暗殺をやめさせるつもりなのか、それとも――

(私の身代わりになるつもりではないわよね?)

冬真はかつて政府の暗殺者として多くの人を殺してきている。そのことに苦悩してきた冬真に、これ以上、罪を背負わせたくない。

(なんとしても、私がやり遂げないと)

焔良や旭緋、鬼の一族を助けなければ。

(私はどうなってもいい。皆が無事ならそれで……)

あらためて決心していると、冬真が「桜羽」と名を呼んだ。

「俥夫《しゃふ》が見つかった。行くぞ」

「はい」

桜羽は人力車の隣に立つ冬真のもとへと歩み寄った。

京の中心地で無事に宿を見つけた桜羽は、部屋に落ち着くと、ほぅと息を吐いた。

人力車から見た京の町には洋館は少なく、木造の町家が建ち並び、帝都ほど発展していないように見えた。四方を山で囲まれている様子が、窮屈そうにも感じられる。

「目的を果たすために、体調を整えておかないと」

先日、大庭に呼ばれて内務省を訪れた時、黒宮に関しての調査書を見せられた。黒宮の邸宅は御所に近い場所にあり、妻と子供たちと暮らしているらしい。

(子供は十五歳の嫡男、十二歳の長女、八歳の次女がいるのだったわね。それから、使用人が数人……)

家族構成は知っておいたほうがいい。邸に忍び込んだ際に鉢合わせすると厄介だ。

かつて朝廷内の祭祀《さいし》や儀式で用いられた雅楽演奏に関する神楽《かぐら》という家職を担っていた黒宮家は、帝が帝都に移ってから仕事を失ったという。

桜羽は硝子《ガラス》窓を開けると、胸元から呪《まじな》い札を取り出し、宙に放った。

「南方より来たれ。天鼠《てんそ》」

札が蝙蝠《こうもり》へと変わる。

「黒宮邸を探って。侵入経路と、当主の部屋を見つけて」

ぱたぱたと飛び去る蝙蝠を見送っていると、背後で襖《ふすま》が開く音がした。振り向くと、別室で休んでいた冬真の姿がある。

「冬真様」

「入ってよいか？」

桜羽は少し悩んだ後、「はい」と答えた。

冬真が畳に腰を下ろし、桜羽もその前に正座をした。こんなふうに向かい合うのは、いつぶりだろう。

「桜羽。本気で黒宮を？」

万が一、誰かに聞かれたら……と思ったのか、冬真が語尾を濁しながら問いかけた。

「冬真様が止めても、私はやり遂げてみせます」

桜羽は人どころか、鬼と敵対していた陰陽寮《おんみょう》時代にも、鬼やあやかしを殺したことがない。

（命を奪った経験のない私に、人を斬ることができる？）

手のひらを見つめる。心に迷いが生じる。

（大切な人の命がかかっているのなら、他の人の命を取ってもいいの？）

答えは「否」だ。大切な人の代わりに、殺していい人なんていない。

（ああ、そうか。冬真様はずっと、こんな気持ちを抱いてきたのだわ）

冬真は桜羽を守るために政府に抵抗せず、不本意ながら彼らの犬として働いてきた。多くの鬼を殺し、人を殺してきた。

（私の、ために……）

桜羽は手のひらを握った。顔を上げ、冬真の瞳を見つめる。

「冬真様は一年前の華劇座の事件から生き延びた後、私に危険が及ばないよう、生存を知らせなかったとおっしゃっていましたよね」

桜羽の確認に冬真は頷《うなず》いた後、「ああ、いや……」と曖昧《あいまい》なつぶやきを漏らした。

目を伏せ、ぽつ、ぽつと語る。

「それだけではない。……おそらく、私は怖かったのだ。真実を知ったお前に、憎しみの目を向けられるのが。私は朔耶を殺し、お前を焔良から引き離し、記憶を改ざんした。許される行為ではない」

「ええ……そうですね」

静かに、桜羽は頷いた。

「お母さんを殺したことを、あなたは焔良のせいにして、私を騙《だま》し続けていた」

冬真の罪をあらためて口に出すと、言い様のない悲しみがこみ上げてくる。

「お母さんとお父さんだけでなく、焔良のお父さんも、鬼の一族もたくさん殺して、政府の裏の仕事でも人を殺して……あなたは命を奪いすぎました」

冬真が膝《ひざ》の上でこぶしを握った。手の甲に筋が浮かぶほど、強い力で。

「あなたの行いに、私は怒っていました。——でも、今になって、あなたの気持ちがよくわかる」

桜羽は唇が震えそうになるのを必死にこらえながら、冬真に向かって言葉を紡ぐ。

「冬真様は私が無垢《むく》でいられるように、自分の手を血に染めてまで、私を守ってくださいました。どれだけつらくて孤独だったか、私は気付いていませんでした。私はもう、冬真様を恨めません」

　畳に両手をつき、桜羽はゆっくりと頭を下げた。

「私を育ててくださったこと、慈しんでくださったこと、心から感謝しています」

「桜羽。違う。私は自分で選び、自分の意思で政府に従っていた」

　冬真が桜羽の肩を掴《つか》んで、顔を上げさせる。

「だから、お前がそんな顔をしなくていいんだ」

　涙をこらえ、唇を噛《か》む桜羽に、冬真が苦しそうな表情で謝罪した。

「申し訳なかった。桜羽」

　桜羽は首を横に振った。涙がぽろりとこぼれたが、手の甲で素早く拭《ぬぐ》うと、背筋を伸ばした。

「帝都へお帰りください。世間では、冬真様は亡くなったと思われています。これ以上、政府や鬼に関わらないで」

　今まで苦労してきた冬真に、今後は平穏な暮らしを送ってもらいたい。そして、残りの人生をかけて、彼が犯してきた罪を償っていってほしい。

「お前を置いて、一人では帰れない。共に帰ろう、桜羽」

「私は京でやるべきことがあります」

　頑として譲らない桜羽に、冬真が焦《じ》れた表情を浮かべる。

「だめだ。一度でも人を殺したら、戻れなくなる」

「だけど、焔良が……！」

彼が今、どのような目に遭わされているのかと想像するだけで、胸が苦しく、息ができなくなる。

(焔良に何かあったら私……)

俯《うつむ》いて胸を押さえた桜羽を、冬真が引き寄せる。そのまま抱きしめようとして躊躇《ため》らい、手を離した。

「今は気持ちが高ぶっているんだ。二、三日、この宿でゆっくりしよう。落ち着けば、もっと良い考えが浮かぶ」

冬真の気休めの言葉に、桜羽は小さく頷いた。

京に来て三日間、桜羽は冬真の勧め通り、宿で過ごした。冬真はつかず離れず、桜羽の様子を窺《うかが》っていたが、その様子がまるで桜羽の幼い頃の冬真と似ていて、ほんの少し懐かしくなった。

三日目の夕刻、桜羽の気持ちが落ち着いたと感じ取ったのか、冬真が提案した。

「明日《あした》はどこかの神社へ参拝に行こう。清涼な空気を吸えば、気持ちも安らぐ」

「そうですね」

桜羽は素直に頷いてみせた。

そして、深夜。

眠らずに起きていた桜羽は、着物を脱ぎ、持参した陰陽寮の制服に着替えた。上着の金の釦《ボタン》を留め、小さな革製の鞄《かばん》を通したベルトを腰に巻き、愛刀を差す。

久しぶりに身に纏《まと》った制服は、一年ぶりとは思えないほど、体に馴染《なじ》んでいる。

足音を忍ばせて宿の外に出る。都合のいいことに、今夜は新月だ。夜闇が桜羽の姿を隠してくれる。

桜羽は御所を目指して歩きだした。

京の町は碁盤の目状となっている。道に詳しくなくとも、まっすぐに北へ向かっていれば、御所にあたるだろう。

四半刻《しはんとき》ほど歩いていくと、正面に木々が生い茂った場所が見えてきた。

（あそこが御所ね）

御所の周囲にはいくつかの公家邸《くげやしき》が建っている。

東側の築地塀《ついじべい》の前で、桜羽は足を止めた。


「黒宮の邸はここね」

ぐるりと築地塀に囲まれているので敷地の中の様子はわからない。

（問題は、どうやって忍び込むかよね……）

築地塀は登るには高い。正面の門は閉ざされている。

思案していると、羽音が聞こえた。桜羽は宙に向かって腕を差し出した。夜闇に溶け込んでいた蝙蝠《こうもり》が、桜羽の腕にとまる。京へ到着した日に放っておいた式神だ。

「侵入できそうな場所は見つけた？」

尋ねると、蝙蝠は再び飛び立ち、桜羽を導くように羽ばたいていった。

蝙蝠の後を追い裏手にまわると、勝手口のような小さな門が見つかった。そっと押してみたが開かない。内側から閂《かんぬき》が掛かっているようだ。

桜羽は小型鞄から呪《まじな》い札を取り出すと、指に挟んだ。

「東方より生じたる木気《もくき》よ、青龍《せいりゅう》の力で蔦《つた》を這《は》わせて」

呪い札が蔦へと姿を変え、桜羽の手首に巻き付いた。蔦の先が、何かに絡みついた感覚があった。

口の門を這って内側へと入りこむ。蔦の先が、何かに絡みついた感覚があった。

桜羽が注意深く蔦を引くと、門の内側で、かたんと音がした。あらためて門扉を押す。

閂が外れ内側へ開いた門から、桜羽はするりと敷地内に忍び込んだ。

飛んでいく蝙蝠を追い、木々の陰に身を隠しながら母屋《おもや》へと向かう。離れと繋《つな》がった渡り廊下を見つけ、そこから母屋に忍び込んだ桜羽は、再び蝙蝠に尋ねた。

「黒宮の部屋は見つけてある？　案内して」

式神は創造主の命令に従い、邸内を飛んでいく。

この邸の者は皆、寝入っているのか邸内には物音一つしない。蝙蝠の羽音と桜羽の息づかいだけが、やけに響き、誰かに気付かれるのではないかと心臓がどくどくと脈打つ。

手のひらにはじっとりとした汗をかいていた。

（私はこれから、見も知らぬ人を殺しに行く）

焔良を母の仇《かたき》だと思い、彼の寝首を掻《か》こうと寝室に忍び込んだ時とは心持ちが違う。黒宮の自室まで辿《たど》り着くと、役目を終えたというように蝙蝠が呪い札に戻った。桜羽は床に落ちる前に札を摑み、ポケットにしまう。数度、静かに深呼吸を繰り返し、気持ちを落ち着けてから、襖《ふすま》の引手に触れた。

座敷の中央に一組の寝具が敷かれていた。男性が眠っている。桜羽はそっと彼に近付いた。歳は四十路《よそじ》といったところだろうか。

刀の柄《つか》に手をかけ、鯉口を切る。その僅《わず》かな音に男性が反応した。うっすらと瞼《まぶた》が開く。

「誰かいるのか……？」

「黒宮仁丸さん。あなたの命をいただきに参りました」

自分の身に何が起こったのか知らぬままに死ぬのは不憫《ふびん》だろうと、妙な親切心が湧き、桜羽は彼に声をかけた。それに、彼の思想や、どのような経緯で旭緋を唆したのかも知りたかった。

「私の命を？」

黒宮は素早く身を起こすと、桜羽から距離をとった。

「あなたは、京に暮らす鬼を守っている旭緋さんに『帝が京に帰ってくれば政権を取り戻すことができる。そうしたら鬼も政治に関与させる』と言って唆し、帝を拉致《らち》させるよう仕向けましたね？」

「お前は私を殺しに来た政府の暗殺者か？　私は『拉致せよ』などと言ってはいない。あの者が勝手に暴走しただけのこと」

「仲間を想う旭緋さんの気持ちを利用したのでしょう？」

桜羽は柄を握る手に力を込めた。

黒宮は桜羽から視線を逸《そ》らさないようにしながら、横歩きで動く。桜羽はじりじりと黒宮との間合いを詰める。

黒宮が文机《ふづくえ》の引き出しに手を伸ばした。素早く開け、中にしまってあった懐剣を掴むと、鞘《さや》を抜いて放り投げた。胸の前で掲げる。

「千年以上もの間、帝は京にいらしたのに、帝都にお移り遊ばされ、都は廃れた。帝が御座《おわ》すにふさわしい場所は京だ。帝には本来の場所にお戻りいただき、我が国を治めていただきたい。我々公家はそれを支える」

桜羽の刀と、黒宮の懐剣では刀身の長さが違う。桜羽が刀を一振りすれば、この場所からでも、黒宮の喉《のど》をかっさばくことは可能だ。

けれど、動けない。

「帝は神。明治政府の只人《ただびと》どもに操られてよい存在ではない。邪魔をするな！」

迷いを見せる桜羽に黒宮が突進してきた。突き出された懐剣が桜羽の腕をかすり、ぱっと血が飛び散る。黒宮の白い着物に返り血が付いた。

桜羽は後方に飛ぶと、刀を構え直した。黒宮は何かに憑《つ》かれたかのように、鬼気迫る表情を浮かべている。

(政権を取り戻したいというだけではないわね。この人は帝を神聖視している)

狂気を見せる黒宮に、桜羽の体がぞわりと震える。

(やるのよ、桜羽。この人を殺すの)

迷っていたら、こちらが殺されてしまう。

(焔良のため、皆のため……!)

緊迫した空気の中、不意にあどけない声が聞こえた。

「おとうさま……?」

ハッとして振り向くと、廊下に小さな女の子が立っていた。

物音に気付いて起きてきたのだろうか。きょとんとした顔で、桜羽と黒宮を見ている。

(黒宮の次女!)

「桂香《けいか》!」

必死な形相をしていた黒宮が次女の名を呼んだ。男の表情が、父親の顔に変わる。

「お前は向こうへ行っていなさい。早く!」

桂香は逆に室内に駆け込んできた。黒宮の足に抱きつき、振り向いて桜羽を睨《にら》む。

桜羽を敵だと認識し、父をかばおうとしている少女を見て、桜羽の脳裏にかつての自分の姿がよみがえった。

桜羽の両親は、桜羽の目の前で冬真に殺された。事切れた二人の体にすがりつきながら、幼い桜羽は恐怖で震えていた。きっと今、目の前のこの少女の心も恐怖でいっぱいのはずだ。

焔良は『いつまでも争っていてはいけない』と言った。暴力で解決しようとすれば遺恨が生じる。今、桜羽が黒宮を殺せば、桂香は桜羽を憎み恨むだろう。誰かを恨んで生きることは苦しいものだと、桜羽は知っている。

(だけど……!)

焔良の命がかかっている。

桜羽はぎゅっと目を瞑《つぶ》った後、覚悟を決めて開いた。

桂香を背中に隠し、守ろうとした黒宮の袖《そで》を摑《つか》む。切っ先を彼の肩に向け、狙いを定める――

宿まで戻ってくると、暗闇の中に、細身の人影が立っていた。

桜羽は人影に歩み寄り、顔を上げた。

「冬真様」

疲れた声で名を呼ぶ。

桜羽は手にしていた布きれと黒宮の懐剣を冬真に見せた。冬真が受け取り、布きれに飛んでいる血痕《けっこん》を見て悲しそうな表情を浮かべたが、桜羽はぽつりと、

「殺せませんでした」

とつぶやいた。

「私には無理でした。冬真様と同じことはできなかった。大切な人のために自らを棄てられないなんて、私は弱いです……」

黒宮は死んではいない。桜羽は自分の返り血が飛んだ黒宮の袖を肩口から切り取り、懐剣と一緒に持ち帰った。

唇を噛《か》んでいる桜羽を、冬真が引き寄せ抱きしめた。桜羽の頭を強く胸に押しつけ、何度も「よかった」と繰り返す。

「それでいい。お前はそれでいいんだ」

桜羽の目に涙が浮かんだ。選択を肯定されたからではなく、不甲斐《ふがい》なさで。

桜羽は焔良の信念を守ったが、彼の命は守れていない。

（……でも、私はまだ諦《あきら》めない）

冬真の体から離れ、毅然《きぜん》と顔を上げる。

「私は必ず焔良を助けます」

強いまなざしで、桜羽はそう宣言した。

＊

内務省、大庭内務大臣の執務室。誰かが贈呈でもしたのか、壁には今まではなかった梔《くちなし》の描かれた絵が掛けられており、実務的な部屋に華やかさを添えていた。

大庭の執務机の上には、桜羽が持ち帰った黒宮が纏《まと》っていた着物の袖と、黒宮家の家紋入りの懐剣が置かれている。

「ご命令を果たしてきました」

大庭は桜羽の報告を聞くと、懐剣の柄《つか》に彫られた家紋が確かに黒宮家のものであると確認し、次に着物の袖に染みついた血痕に目を向けた。広範囲に染み込んだ血は、赤黒く色が変わっている。多少の切り傷程度では、ここまで汚れないだろう。

「首を持ち帰るのは、さすがに無理だと判断しました。この暑さでは、指一本でも腐るかと」

桜羽が目を伏せてそう付け加えると、懐剣を調べていた大庭が、室内にいたもう一人の人物に目を向けた。

「彼女はこう言っているが、どうかね？　君だったら指の一本ぐらい持って帰ってきそうなものだが。京はそれほど暑かったのか？」

部屋の隅に控えていた志堂が口を開く。

「盆地は熱がこもるといいます。なかなかの暑さでした。それに帝都内だったらともかく、真夏に長時間列車に乗って、死骸《しがい》の一部を持ち帰るのは、私でも無理があるかと。黒宮の死体は、私が確認しております」

志堂は生真面目な表情で桜羽の言葉に同意したが、桜羽の背には冷たい汗が浮かんでいた。

(志堂さんも京に来ていたのね。気付かなかった……。なぜ嘘をつくの?)

わけがわからないという顔をしている桜羽に気付いているはずなのに、志堂はこちらを見ない。

「そうか。君がそう言うのなら、そうなのだろうな」

大庭がひらりと手を振る。一礼して部屋を出ていこうとした志堂を、大庭は、「ああそうだ」と、呼び止めた。

「帰りに秘書の執務室に寄りたまえ。京行きの謝礼を用意してある」

「……ありがとうございます」

志堂はもう一度頭を下げると、扉の向こうへと姿を消した。

(謝礼?)

怪訝《けげん》な顔をする桜羽に向かい、大庭がさらりと、

「覚えておきたまえ。秘密を黙らせておくには、金を握らせるといい」

と教えた。

「…………」

大庭の言葉に、桜羽は眉間《みけん》に皺《しわ》を寄せた。

(こんなふうに、月影家も政府から報酬を得てきたのね)

「君にも用意してある。ご苦労だったね」

大庭は桜羽にねぎらいの言葉をかけると、懐剣を机に戻し、椅子に背中を預けた。

「試験は合格だ」

満足げな表情を浮かべる大庭に、桜羽は落ち着いた口調で要求した。

「では、焔良と、鬼の一族の皆を解放してくださいますね？」

「…………」

無言の大庭に、桜羽は冷たい声音で続けた。

「私が裏切らないように、彼らをこのまま人質にしておこうとお考えなら、それは愚策です。私が本気を出せば、あなた方の命を取ることは容易です。私はお金なんかで動かされません。私の口を閉ざし、この身を飼い続けたいとお思いなら、最初に交わした契約を守ってください」

強く出た桜羽に、大庭は「やれやれ」と言うように、軽く片手を上げた。

「ひどくじゃじゃ馬なお嬢さんだ。……わかった。手配しよう」

大庭が執務机の引き出しから、紙を取り出す。机上の硯《すずり》を引き寄せると、筆の先に墨を含ませた。焔良たちを釈放するよう、書状をしたためているのだろう。

ほっと胸を撫《な》で下ろしている桜羽に、筆を置いた大庭が「さて」と声をかける。

「仕事が終わったばかりで申し訳ないのだが、もう一仕事お願いできるかね？」

硯を押しやり、執務机に肘《ひじ》をつく。両手を組んで、大庭は桜羽を見上げた。

「もう一仕事、ですか？」

すっとまなざしを鋭くした桜羽に、大庭は、

「次は志堂逸己君を頼むよ」

と、冷たい声音で命じた。

「なぜ？　志堂さんにはお金を渡したのでしょう？」

驚く桜羽に、大庭は呆《あき》れたように溜《た》め息をつき、壁に掛かる絵を指さした。

「君。秘密を黙らせておくのに一番いい方法はだね……」

真っ白な梔が描かれた絵を見て、息を呑《の》む。

(死人に口無し)

「秘密を知る者は一人でいい」

大庭が桜羽に、にこりと笑いかける。桜羽は彼の考えを察した。

(私が政府の犬になるから、志堂さんは用済み……ということなのね)

前回は冬真が殺され――実際には生きていたのだが――今回は志堂というわけか。

(卑怯者《ひきょうもの》)

桜羽は心の中で吐き捨てたが「承知しました」と応《こた》えた。

「焔良たちが解放されたと確認できましたら、次の仕事に移ります」

一礼し、大庭に背を向ける。桜羽は静かな怒りを胸の内に抱きながら、大庭内務大臣の執務室を後にした。

月影邸から一時的に焔良の邸《やしき》に戻った翌日。

じっと座っていることも出来ず、居間の中を落ち着かない気持ちでうろうろしながら焔良の帰りを待っていた桜花は、心花の「焔良様がお戻りになりました！」という声で、玄関に飛び出した。

桜羽の姿に気付いた焔良がこちらを向く。

「焔良！」

顔を見た瞬間、安堵《あんど》で瞳《ひとみ》が潤んだ。焔良に駆け寄り、彼が広げた腕の中に飛び込む。

「良かった……！　お帰りなさい！」

「お前が俺たちを解放するよう政府に働きかけたのだと、迎えに来た朱士から聞いた」

焔良が桜羽の背に腕をまわし、強く抱きしめる。懐かしい体温を感じて、胸がいっぱいになった。

体を少し離して、焔良の顔を見上げる。頰を両手で挟んで、

「怪我はない？　痩《や》せたみたい」

と、心配な気持ちで尋ねると、焔良は、

「俺は大丈夫だ」

と答えて、桜羽の手のひらに口づけた。

「旭緋を診てやってくれないか？　弱っている」

朱士に支えられて邸に入ってきた旭緋を見て、桜羽は顔色を変えた。殴られたのか、

瞼《まぶた》が腫《は》れ、口元にも傷がある、歩きにくそうにしているので、体も痛めつけられたのだろう。

「わかったわ。すぐに診る」

朱士が旭緋を客間の寝台に寝かせ着物を捲《めく》ると、予想していた通り彼の体は傷だらけだった。

桜羽は寝台のそばへ歩み寄り、そっと旭緋に声をかけた。

「旭緋さん、痛む箇所はある？」

うっすらと目を開けた旭緋は桜羽の顔を見て、皮肉な笑みを浮かべた。

「全身だな。あいつら、散々殴りつけやがった」

言葉は悔しそうだが、覇気がない。

桜羽は青く腫れる旭緋の瞼に手を当てた。

「水は命の泉。玄武、旭緋さんの傷を癒《い》やして」

ふわりと心地よい冷気が手のひらを包み、旭緋の腫れを癒やしていく。

一つ一つ順番に傷を治す桜羽を、旭緋は驚いた表情で見つめていた。

「これで最後……」

旭緋の体から全ての傷が消えると、桜羽は体をふらつかせた。数が多かったので体力を消耗してしまった。焔良が桜羽の肩を支え、椅子に座らせる。

すっかり元通りになった自分の体を見て、旭緋は信じられないという表情を浮かべた。

「これがお前の真の力か」

「桜羽の母親である朔耶は、陰陽師《おんみようじ》の中でも稀《まれ》な癒やしの力を持っていたんだ。桜羽はそれを引き継いでいる」

「なるほど……」

焔良の説明に旭緋は納得した表情を浮かべている。桜羽はあらためて旭緋に向き直ると、深々と頭を下げた。

「あなたがこんなひどい目に遭うのを防げなくて……ごめんなさい」

謝る桜羽を見て、旭緋が驚いた顔をする。

「なぜ、お前が謝る？」

「旭緋さんや鬼の一族の皆が、焔良を信じられなくなったのは、私がそばにいたから。私がもっと皆のために役に立てていれば、焔良への信頼は揺るがなかったはず」

俯《うつむ》き、自分への悔しさで唇を噛《か》む。

「……呆れたな」

旭緋がぼそりとつぶやいた。

「帝の拉致《らち》計画を立てたのは俺だ。俺は俺の信念で動いた。お前にそんな顔をされる謂《いわ》れはない！」

「旭緋、そのような言い方を――」

注意しようとした焔良を、桜羽は「いいの」と止めた。

「旭緋さんは、私をかばってくれたのよ」

桜羽の言葉に、焔良がはっとしたように旭緋を見る。旭緋は二人から、ふいっと顔を背けた。

(私のせいじゃないって、言ってくれているのだわ)

「ありがとう」

お礼を言うと、旭緋は桜羽に視線を戻し、真面目な表情を浮かべた。

「お前を侮辱したことを謝罪し、愚行を犯した俺と仲間たちを助けてくれたことに、心から感謝する。お前は焔良の伴侶《はんりょ》にふさわしいよ。——焔良。お前に敵対し、大変な事件を起こした挙げ句、お前の命まで危険に晒《さら》してしまい、深く反省している。二人とも、すまない」

頭を下げた旭緋を見て、桜羽の心が震えた。旭緋が焔良に謝ったこと、そして桜羽を認めてくれたことが嬉《うれ》しい。焔良を見上げると、彼は「よかった」と言うように微笑んでいた。

「黒宮は、奴が所有する土地に、俺たちが安全に暮らせる集落を作ってくれた。人と争いごとが起こった時は仲裁に入ってくれた。俺は本当に感謝していたんだ。頼みを聞いてほしいと相談されて、恩を返したいと思った。それが鬼のためにもなる話だったから、俺は乗ったんだ」

浅はかだった自分を悔いているのか、旭緋は苦しそうな顔で黒宮とのやり取りについて話す。

帝が京に戻れば政権が移り、京の都は息を吹き返す。黒宮家が権力を取り戻せば、もっと鬼たちに便宜を図ってやれる。だから、帝都へ行き、帝を説得してきてほしい。それでも帝が京へ帰らないとおっしゃるならば——

その先の言葉を黒宮は濁したらしいが、旭緋は勝手に解釈をして、帝の拉致を企《たくら》んだのだという。

「黒宮は、どうなったんだ？」

「焔良たちの解放と引き換えに黒宮さんを殺害するように命じられたのだけど——」

桜羽は大庭とのやり取りや、京での出来事について焔良と旭緋に語った。桜羽が黒宮の命を奪っていないと聞いて、二人がほっとした表情になる。

黒宮と対峙《たいじ》していた時、彼の娘が間に飛び込んできたのを見て、桜羽は心を決めた。

（私はこの子から親を奪うようなことはしない）

黒宮が纏《まと》っていた着物の袖《そで》だけを切り落とし、「あなたは明治政府に狙われている。命が惜しかったら、家族を連れて、今すぐ京を出るように」と忠告した。

「私は京を離れない！　なんとしても帝を京に戻し、帝都から政権を取り戻す！　幕府は倒れ、帝中心とした新しい政府が成立したというのに、なぜ首都は帝都なのだ！　なぜ京が廃れなければならない！　帝は……神を守ってきたのは、この町であり、我々だ！」

桂香を胸に抱きながらも、己の主義主張を述べる黒宮を、桜羽は一喝した。

「大人の都合で子供を不幸にしないで。帝だとか明治政府だとか、京だとか帝都だとか、あなたは過去に囚われすぎている。この世は変わっていくものなのよ！」

桜羽の大声に驚いたのか、桂香が「ふぇっ」と声を上げた。すぐに大声を上げて泣きだす。我に返った黒宮が、桂香の背中をさすり、「大丈夫だから」と言い聞かせている。

「……驚かせてごめんなさい。怖がらせたわね……」

桜羽は桂香に謝ると、黒宮の前に膝《ひざ》をついた。

「あなたは不満かもしれないけれど、日本は変わりつつあるの。流れは止められない。私はこの変化が、悪い方向ではなく良い方向へ進むようにしたい。鬼も人も、身分も関係なく、誰もが幸せに生きられる世の中になることを願っている。よりよい未来を子供たちに繋《つな》ぐのが、私たち大人の役目だわ」

黒宮の瞳《ひとみ》を見つめ、静かに語りかけると、黒宮の視線が自然と腕の中の桂香に向いた。父親の胸にすがりついて泣いている娘を見て、顔をくしゃりと歪《ゆが》める。

「娘に、このような顔をさせたくはない……」

「この子には、あなたが必要よ。あなたは生きなければならない」

桜羽は立ち上がると、刀を鞘《さや》に戻した。

「政府には、あなたは死んだことにしておくから、家族を連れて早くここから逃げなさい」

背を向けた桜羽に、黒宮が「待て」と声をかける。

「そんな袖一つでは、政府は、お前が私を殺したと信じないだろう。これも持っていけ」

落ちていた鞘を拾い刀身を収めると、黒宮は懐剣を桜羽に差し出した。

「黒宮家の家紋が入っている」

確かに、血痕《けっこん》が少し飛んだだけの片袖《かたそで》では、黒宮を暗殺したという証拠としては不十分だ。桜羽は「ありがとう」と言って、懐剣を受け取った。

その後、桜羽は帝都に戻ったが、冬真は念のため京に残って、黒宮が心変わりをして余計な行動を取らぬように見張ってくれている。

大庭を完全に騙《だま》すため、桜羽は腕を断って、黒宮が着ていた着物の袖に自分の血を染み込ませた。大庭は着物に付いていた血痕を黒宮のものだと信じてくれたようだ。

桜羽は大庭の命令を思い返した。

(次は、志堂さんを……)

桜羽は暗殺者になるつもりはないが、政府は桜羽が彼らのしもべとなることを了承したと思い込んでいる。

焔良たちの身の安全は一旦《いったん》確保したものの、桜羽が政府の命令を無視すれば、契約違反だと言われて、適当な罪をなすりつけられ、再び捕らえられる可能性がある。

難しい顔をして考え込んでいる桜羽を、焔良が後ろから抱きしめた。

「安心しろ。お前が俺たちを助けてくれたように、今度は俺たちがお前を守る」

「焔良……」

桜羽は、体を包む焔良の腕に手を当てた。彼がそばにいる。ただそれだけで心強い。

「旭緋」

仲睦《なかむつ》まじい二人の前で、やや気まずそうにしていた旭緋に、焔良が声をかけた。

「叔父上《おじうえ》に連絡を取ってくれ。相談したいことがあると」

「親父に相談したいこと？」

「鬼の起源について考えたいことがある。叔父上なら、何かご存じかもしれない」

＊

焔良が邸《やしき》に戻ってから一週間後。

旭緋に呼ばれ、焔良の叔父、海棠が京から帝都へやって来た。

「やあ、焔良。久しいね」

旭緋とは対照的に柔和な雰囲気を纏《まと》った海棠は、居間の椅子に腰を下ろすと、向かい側に座った焔良に、にこりと笑いかけた。

「叔父上。遠方よりご足労いただき、感謝する」

焔良が礼を述べると、彼は「いやいや」と軽く手を横に振った。

「こちらこそ、私が研究室に籠《こ》もっている間に愚息が問題を起こしたようで、申し訳ない」

海棠はそう言って、傍らに立つ旭緋を見上げた。旭緋がばつの悪そうな表情で視線を逸《そ》らす。

「研究室？」

目を瞬かせた桜羽に、海棠が笑顔を向ける。

「ああ、自己紹介がまだだったね。私は焔良の父の弟だ。海棠という。京では、最上海人《もがみかいと》という名で大学教授をしているよ。専攻は歴史学だ」

「親父は勉学が好きなんだ。俺に早々に跡を継がせて、京都帝国大学に潜り込んだ」

「潜り込んだなんて人聞きの悪い。きちんと正式採用されているよ。人としてね」

旭緋の口調は呆《あき》れ気味だったが、海棠は桜羽に向かって悪戯《いたずら》っぽく片目を瞑《つぶ》って見せた。

「君が噂の焔良の婚約者だね」

「月影桜羽です。焔良のお父さんの親友だった父と、月影家の娘だった母の間に生まれました」

「瑞樹の面影が残っているなあ」

海棠が懐かしそうに目を細める。

今まで桜羽は母親似だと言われてきたが、父に似ていると初めて言われて驚いた。

思わず自分の頰に触れた桜羽に、海棠が言い添える。

「優しい目元が似ている」

「そうなのですね……」

かつて桜羽は「私は鬼とは違う。人だ」と、鬼の血を否定し憎んでいた。けれど今は、確かに父と同じ血がこの体に流れているのだと思うと、胸の中が温かくなる。

「さて、焔良。君から受けていた相談のことだけれど」

海棠は持ってきたトランクをテーブルの上に置き、カチリと鍵《かぎ》を外した。中から取り出したのは、いくつかの和綴《わと》じの書籍だ。

「友人の伝手《つて》で入らせてもらった、普段は非公開の史料室から借り出してきた古文書だ。貴族の日記や、説話集など、いくつか見つけてきた」

海棠はそう言いながら、一冊の古文書を手に取った。栞《しおり》を挟んである頁を捲《めく》り、焔良に差し出す。

海棠から古文書を受け取り、紙面をなぞる焔良の視線が止まるのを待って、桜羽はそっと尋ねた。

「そこに何が書いてあるの？」

「いわゆるお伽話《とぎばなし》だな。ここに載っているのは、年老いた夫婦のもとに生まれ、非常に小さな体のまま成長しなかった少年が、悪い鬼を退治するという物語だ」

顔を上げ、焔良が答える。桜羽は首を傾げた。どうして今ここでお伽話が出てくるのだろう。

わからないという顔をする桜羽に、焔良が説明を続ける。

「勧業博覧会会場で旭緋が帝を捕らえた時、まばゆい光が周囲を覆っただろう？　おそらく、あの現象を起こしたのは帝だ。鬼の妖力《ようりょく》や陰陽師《おんみょうじ》の神力は木火土《もくかど》金水《ごんすい》という自然現象に由来する五行で、帝が使ったのは光だという違いはあるものの、俺は、両者の力は同じようなものなのではないかと考えた」

桜羽は、勧業博覧会会場での出来事を思い返した。太陽のような眩《まぶ》しい光に目が眩《くら》んで隙ができ、焔良たちは捕まったのだ。

「鬼と帝の力が同じものだとしたら、なぜ鬼は迫害され、帝はこの国の頂点に立てたのか？　両者の差は何か？　帝が民衆に力を隠している理由は？」

焔良は、彼が抱いた疑問を順に口にする。

「俺たちの間では今まで、鬼はもともと人で、日本を統治しようとした大王《おおきみ》に抵抗したために迫害され、『鬼』と呼ばれるようになったのだと伝えられてきた」

そのとおりと言うように、旭緋が焔良の話に頷く。

「もしかすると、真実は違うのではないか？　鬼の起源について、俺たちは何か勘違いをしているのではないか？　それで、思い出したんだ。父が亡くなり、鬼の頭領を継いだ後、学ぶべきことがあるのではないかと父の日記を見た時に書いてあったことを。父は、英雄が鬼退治をする昔話に興味を持っていたようだ。こういった話に登場する鬼は、大王に抗《あらが》った人々を『鬼という悪者』に仕立て上げるために作られた架空の存在だ。では、なぜこういった物語が必要だったのか？　それは、朝廷側が自分たちを『悪者を退治した英雄』であると、世間の人々に対し正当性を示すためだ。父は、これらの話を紐《ひも》解《と》いていけば、鬼の一族の起源に辿《たど》り着けるのではないかと考えていたらしい」

焔良の話を、海棠が引き継ぐ。

「玖狼からその話を聞いて、私は鬼の起源に興味を持ってね。それで研究の道へ進むことにしたんだ。今回、焔良から連絡をもらって、あらためて鬼の伝承を調べ直してみた。先ほど、焔良に見せた史料だけど――」

海棠は焔良に渡した古文書を指さす。

「そのお伽話に登場する『小さな体をした少年』の年老いた両親は、物語の終盤で、高貴な身分の者であったことがわかる」

二人の話の行く先が見えず、難しい顔をする桜羽を見て、海棠が微笑んだ。

「桜羽さん。君は、この国の創世神話を知っているかい？」

「はい、知っています」

――かつてこの世には天津神《あまつかみ》と国津神《くにつかみ》が存在した。高天原《たかまがはら》を統べる天津神の一柱《ひとはしら》は、天孫を葦原中国《あしはらのなかつくに》に降臨させ、その地を治めさせた。

天孫降臨の前に葦原中国の国土を作ったのは、その地に住んでいた国津神と、彼に協力したもう一人の神の二柱《ふたはしら》だった。国津神は、降臨してきた天孫に葦原中国を移譲することを承諾した。

天津神の子孫が帝である。帝は神の血を引く者――現人神《あらひとがみ》と呼ばれる所以《ゆえん》だ。

桜羽がそう説明すると、海棠は「そのとおり」と言うように、大きく頷《うなず》いた。

「このお伽話に出てくる『小さな体をした少年』の両親は、帝に縁《ゆかり》のある高貴な一族であるとともに、国津神にも関係する存在なのではないかと、私は考えている。葦原中国の国土を作った国津神に協力した神は、体のとても小さな神だったと言われていてね」

そう言いながら、海棠は別の古文書を手に取った。

「今回、焔良から連絡をもらって、私の中に一つの仮説が生まれた。天津神が帝の祖神だとするならば、国津神とは何か？　天津神に葦原中国を譲った後、彼らはどこへ行ったのか？　私が考えた仮説をもとに、あらためて史料を探してみたら、見つけたよ」

海棠はトランクの中から別の古文書を取り出した。焔良は手にしていた古文書をテーブルに置き、海棠が新たに差し出した古文書を受け取る。中に綴られた文字を追う焔良の視線が、次第に鋭くなっていく。

桜羽は横から紙面を覗《のぞ》きこんだ。漢文だったが、月影家に伝わる陰陽術の秘伝書を読みたい一心で勉強したことがあり、多少は理解できる。心の中で文章を読み、桜羽は息を呑《の》んだ。

『天に住まう天津神は、地に住まう国津神を排除し、葦原中国を手に入れた。しかして天津神は大王の祖神となり、国津神は鬼となった』

「これって……！」

緊張した声を上げた桜羽に、海棠が史料の由来について語る。

「創世神話は、神代の時代からのことが書かれている最古の歴史書に記されているけれど、これはまた別の歴史書なのだと思う。もちろん原本ではない。何度も書き写され、秘密裏に残されてきた物の、僅《わず》かな一部分だろうね。もしくは、同じ歴史書に載っていた異説を書き写したか……。どちらにしろ、この部分は朝廷によって消され、写本も焚《ふん》書《しょ》されてきたはずだ。内容が内容だからね」

「ここに書いてある内容は、鬼はもともと地上に住んでいた神様だったけれど、天の神様が地上に攻め込んだから、迫害されるようになった……という意味ですよね」

桜羽の海棠への確認に、焰良も同意する。

「この史料からは、そう読み取れるな」

さらに海棠が続ける。

「鬼が妖力を持つ理由がこれでわかったよ。妖力は、もとを辿れば国津神の力だったんだ。鬼の一族でも、持つ者と持たざる者がいるのも納得だ。持たざる者は神の血を引いていないが国津神を信仰していた地域の人々であり、国津神と共に迫害されたんだろう」

海棠は、焰良がテーブルに置いた古文書を指さした。

「そちらの史料に書かれているお伽話の中の『小さな体をした少年』は、帝、つまり天津神に縁のある者であり、同時に国津神を彷彿《ほうふつ》とさせる者でありながら、鬼退治をしていたわけだけれど、創作物も伝承も語り継がれるうちに内容は変化していくから、もと

は もう少し違う内容だったのかもしれないね。読み取り方によっては、『小さな体をした少年』は、仲間を捨て朝廷についた、元・鬼の一族だったという可能性もあるのかも。朝廷に寝返った鬼の一族の血を引く月影家や、陰陽師たちが持つ力は『神力』と呼ばれているけれど、国津神由来だとするならば『妖力』と呼ぶべきものだ。朝廷側に付いたことで、天津神の力と同じ名に呼び方を変えたのかもしれない」

「天津神の神力……。じゃあ、帝が私たちと似たような力を持っていたのは――」

「鬼の妖力が国津神の力だとするならば、帝の神力は天津神の力だということだな」

焔良が深く息を吐く。

「帝があんな力を持っていたなんて、国民の誰も知らなかったぞ。どういうことだ？ 親父」

今まで黙って話を聞いていた旭緋が、海棠に向かって怪訝そうに問う。

「歴代の帝の全員が、天津神の神力を持っていたわけではないのだと思うよ。持ってきた他の史料の中に、歴史上の大事件の際、帝が不思議な力を使ったという記述も、ちらほらとだけど見つかった。陰陽師たちの力が先祖返りであるように、帝の力もまた先祖返りなのではないかな」

「帝の中にも、持つ者と持たざる者がいたってわけか……。今上帝は神力を持ってはいるが、あえて隠しているわけだな」

旭緋が納得したように頷く。

「朝廷が民衆に嘘をついていたことを世間に暴露したら、どうなる？」

にやりと笑った旭緋に、焔良が冷静に返す。

「帝は、同胞ともいえる神を殺し、国を手に入れた侵略者の末裔《まつえい》ということになる。帝の威信は落ちるかもしれないな」

「と言っても、遙《はる》か神代の時代の話よ。今更暴露したところで、何か変わるかしら……」

疑問を抱く桜羽に、海棠が微笑みかける。

「では、こうしたらどうだろう？　この仮説を私が論文にして、しかるべき機関から正式に発表する。論文ともなれば、様々な研究誌に掲載されるだろうし、海外の研究者の目にもとまるかもしれない。さすがに政府もそれは避けたいと思うのではないかな？」

海棠の提案に、焔良は唇の端を上げた。

「それでいこう。政府に書状を送る」

(政府は、どう動くのかしら……)

不安な表情を浮かべる桜羽に気付き、焔良が手を伸ばした、頬に触れて、安心させるように微笑む。

「俺は必ずお前を助ける。鬼の一族のために体を張ってくれた大切な婚約者を、暗殺者になどしない」

桜羽は焔良の手に、自分の手を重ねた。彼の思いやりが嬉しい。

「ありがとう。信じてる」

*

焰良が政府へ書状を送り、海棠と旭緋が京へ戻ってから数日後。

桜羽が月影家本邸の自室で筆を取っていると、女中がやって来て時彦の来訪を告げた。客間に案内したと言うので、「今、行くわ」と応《こた》える。

焰良は不服そうだったが、月影家を継いだ形となっている桜羽は、現在、月影家本邸で寝起きをしており、本家の仕事がない時だけ焰良の邸《やしき》を訪れていた。

桜羽が客間に入ると、時彦はいつものように丁寧にお辞儀をした。桜羽も腰を下ろし、時彦と向かい合う。

「今日、私を呼ばれたのは、どういったご用件でしょうか？」

「今後の月影氏流について相談があるのです」

桜羽は先ほどの書き付けを時彦の前に置いた。時彦が手に取り、文面に視線を走らせて、軽く目を見開く。

「これは……」

「一族の者の勤め先となるような場所を探してきました。その一覧です」

陰陽寮《おんみょうりょう》時代の知り合いや、焰良の伝手《つて》を使って見つけた仕事は、企業や商家の求人が多い。規模は様々で、大きな会社もあれば、個人商店もある。

「この先もずっと本家が彼らの生活を支えるのは難しいです。自ら生きていく術《すべ》を身につけていただかないと……」

「政府からの報酬は期待できないということですか？」

時彦の問いかけに、桜羽は頷いた。

「桜羽様は、冬真様のお仕事を継がれたのでは？」

暗に、政府のしもべとして闇の仕事を請け負う覚悟を決めたのではないのかと尋ねられ、桜羽は目を伏せる。

少しの間の後、桜羽は顔を上げ、時彦に向かってきっぱりとした声で言った。

「今はまだ……道は見えていません。ですが、私はいつか月影家を出ていきます。私は、月影氏流を解散させたいのです」

「なんですと？」

驚いた時彦に、桜羽は自分の考えを述べる。

「陰陽寮は既にありません。月影氏流は存在意義を失っているのです。しばらくの間は、各家がこの先も暮らしていけるよう導く者が必要ですが、流派がなくなれば、本家や頭領といった存在もいりません」

時彦は、考えてもみなかった未来を聞かされたというような顔で固まっている。

「私は皆に自由に生きてほしいのです」

柔らかく微笑んだ桜羽に、時彦は困惑の表情を浮かべた。

「月影家は代々陰陽頭《おんようのかみ》を務めてきた歴史のある家です。それを解散などと、考えられない。私は月影家を残すために、あなたを頭領に推したのに」

時彦の言葉を聞いて、桜羽は彼の真意を悟った。

神力がなく、本家に居場所のなかった時彦が手に入れた名誉は、野分活版製造所という企業の社長の座。月影家の人間であるという格があったから、時彦は野分家の養子として迎えられ、跡を継ぐことができた。昔から続く公家《くげ》の血筋としての信頼を使って事業を大きくした。

「野分様は立派な方です」

桜羽は力強く野分に語りかけた。

「あなた自身は、月影家の者であるという立場を利用してきたと思っているのかもしれませんが、私はそうは考えません。野分活版製造所を発展させたのは、あなたの才覚です」

桜羽に断言され、野分の瞳《ひとみ》が揺れた。

「私は……」とつぶやいた後、口を噤《つぐ》み、迷うように再び開いた。

「……私は、心のどこかで責任を感じていたのだと思います。先々代が生きておられた頃、次期頭領に最も近い位置にいるのは、長女の朔耶様でした。でも、彼女は女性であるという理由でふさわしくないとされ、婿を取るようにと一族から迫られていた。私もそのうちの一人です。結局、朔耶様は鬼と共に月影家から出奔されました」

野分もまた、母を追い詰めていた側の一人なのだと知り、桜羽は複雑な気持ちになる。

「冬真様が朔耶様の娘であるあなたを連れて帰ってきた時は驚きました。しかも、鬼の血を引いているという。歴史ある陰陽師家、月影本家に鬼の血が入る。これは朔耶様の我々に対する復讐《ふくしゅう》なのではないかと思いました」

「お母さんは復讐なんて考えていなかったわ。ただ、お父さんのことが好きだっただけ」

仲睦《なかむつ》まじかった母と父の姿を思い出し、桜羽の胸が切なさで痛んだ。

（お母さん、お父さん、もっと一緒にいたかった……）

「そうですね……。朔耶様はお優しい方でした。復讐など考えてはおられなかったという桜羽様のお言葉通りなのでしょう」

時彦は浅はかな自分の思い込みに自嘲《じちょう》の笑みを浮かべた後、

「私は月影家の格を、血筋を守りたかった。女だからとか、鬼の血を引いているからだとかいう理由は横に置いてでも、直系であるあなたが頭領となるべきだと考えました」

と、締めくくった。

「野分様のそのお気持ち、素直に嬉《うれ》しいです。ありがとうございます」

桜羽は礼を言うと、野分に向かって丁寧に頭を下げた。

黄泉《よみ》の国で母も喜んでいるのではないかと、そう思えた。

＊

焰良が書状を送ってから一週間が経ち、政府から、面会の申し入れが届いた。

内務省に到着した桜羽と焰良が会談室に入ると、室内には既に、御手洗総理大臣、大庭内務大臣が揃っていて、二人に対し形式上の礼をした。桜羽と焰良も一礼し、長机を挟んで、両者腰を下ろす。

まずは御手洗が口を開いた。

「あなたの書状を拝見した。帝と鬼の関係について、何やら公表したいと話している人物がいると」

御手洗は落ち着いている。桜羽は焰良が送ったという書状の内容を思い返した。

（海棠さんの名前は伏せて、表向き「信頼できる大学教授から、帝と鬼は共に神の子孫であるという論文を発表したい旨、問い合わせがきたが、政府側はどうするか」というお伺いの内容になっていたけれど、帝が博覧会会場で神力を見せたことは、御手洗卿《きょう》と大庭内務大臣の耳にも入っているだろうから、文面通りの意味には取らなかったはず）

政府側は、鬼側に何らかの意図があると察しているに違いない。

帝の特別な力について、世間の者は誰も知らない。帝が普段宮城の外に出てこないのも、民衆に力のことを知られないようにするためなのかもしれない。

桜羽は、御手洗と大庭の様子を窺《うかが》った。

焰良が、帝と鬼の関係、天津神と国津神の争いについて語る。

「この仮説を立てた大学教授が、俺を訪ねてきた。論文にして発表したいと話していたので、鬼側ではかまわないと答えたが、政府側にも考えがあるだろうと思い、今回、問い合わせの書状を送らせていただいた」

大庭は驚いていたが、御手洗は苦虫を嚙みつぶしたような顔をしつつも落ち着いた様子で話を聞いていたので、桜羽は、彼が既に創世神話の真実について知っていたのではないかと察した。

「この件に関しては――」

眉間《みけん》に皺《しわ》を寄せながら、御手洗が何かを言おうと口を開きかけた時、会談室の扉が開いた。新たに誰か来たのだろうかと振り向いた桜羽は目を見開いた。

色鮮やかな紫の袍《ほう》を纏《まと》った人物が、ゆっくりと室内に入ってくる。その後ろに控えているのは、尼見宮内大臣だ。

博覧会場では洋装だった帝だが、和装のほうが自然で、より高貴で神秘的な雰囲気を醸し出している。

「帝……」

思わず声を漏らした桜羽を尼見が睨《にら》んだ。まるで、神の御前で勝手に口を開くなと言うようなまなざしに気圧《けお》される。

御手洗と大庭が立ち上がり、頭を下げる。桜羽は一瞬どうするべきか迷ったが、焔良が立ち上がって軽く一礼したので、それに倣った。

帝は、この場の空気が張り詰める中、優雅な仕草で椅子に腰を下ろした。扇を手に取り、軽く上下に振ったので、座れという合図なのだと察した焔良が、桜羽を促し、再び椅子にかける。

「そなたが鬼の頭領か」

無表情だが、帝の声音は意外にも柔らかく、桜羽の緊張がほんの少し緩む。

「焔良という」

「そちらの娘は？」

「月影桜羽です」

二人が名乗ると、帝は鷹揚《おうよう》に頷いた。

「勧業博覧会の会場で、姿を見た」

「あの時は、俺の身内が大変失礼した」

焔良が帝に謝罪すると、そのとおりとでも言うように、尼見が不機嫌な表情を浮かべた。

「よい」

帝は扇を開いて軽く横に振る。そのまま口元を隠し、何やら尼見に囁《ささや》いた。

何度か小さく頷いた後、尼見は桜羽と焔良のほうに顔を向けた。

「あなたたちが、先の宮内大臣……御手洗総理大臣を困らせていると、帝は愁いておられます」

（先の宮内大臣？）

桜羽は目を瞬かせたが、焔良は、

「そういえば、三年前まで、御手洗が宮内大臣と内閣総理大臣を兼職していたな」

と、小声で独りごちた。

（だから、御手洗卿は天津神と国津神の真実を知っていたのね）

桜羽は内心で納得した。

尼見がさらに言葉を続ける。

「あまり、我らを戸惑わせないでいただきたい……と、帝は申しておられます。この後は私の見解ですが――今更、創世神話の真実を世間に明かしたところで意味はありません。現在、この国の頂点に御座《おわ》すのは帝であり、政権を担っているのは明治政府です。再来年には国会も開設される。帝に権限を集中させるための憲法も発布する予定となっています。帝のご威光は揺るぎません」

尼見の断言に、帝がゆっくりと頷《うなず》く。焔良は落ち着いた声音で、静かに応戦した。

「論文が発表されれば、民権派は喜んで飛びつき、政府を非難するだろう。不平等条約の改正も叶ってはいない今、海外から厳しい目を向けられるのも避けたいところでは？」

「……確かに、あなた方のおっしゃるとおりですね。仮説としての発表でも、論文が研究誌に掲載され、海外だけでなく、後世の人々の目にまで触れるようになるのはいただけません」

尼見が、ちらりと御手洗に目を向けた。御手洗は苦い顔をしていたが、帝の御前で勝手に発言はできないと思っているのか、黙ったままだった。

再び、緊張感と沈黙が漂う。息をするのも憚《はばか》られるような雰囲気の中、帝がゆっくりと扇を閉じる音が聞こえた。

「鬼の頭領。あなたはあの日、我を助けに来たとか？」

帝が博覧会での拉致《らち》事件のことについて話しているのだと気付き、焔良と桜羽は帝の出方を窺った。

「神力を使ったのは、何年ぶりか」

遠い目をしてつぶやいた後、焔良の瞳《ひとみ》に焦点を合わせた帝は、淡々とした口調で尋ねた。

「そなたに頼めば、論文の発表は差し止められるのか？」

御手洗と大庭を始め、末端の護衛まで、この場にいた皆がどよめく。尼見だけが冷静に、

「静粛に。帝の御言葉を賜っているところですよ」

と、皆を鎮めた。

視線が焔良に集まる。焔良は一度息を吸うと、はっきりした声音で告げた。

「そちらが、そう望むのならば」

帝が、扇の先で尼見を呼んだ。ぼそぼそと囁く。尼見は一瞬目を見開いた後、小さく頷いた。

「──帝は、余計な混乱は望まないとおっしゃっておられます。世はすべからく平穏であるべき。我々は鬼の一族との争いを望まない。今後一切、貴殿らを害することはない。京の公家《くげ》たちにも、世を乱す行動は慎むようにと伝えておこう……と」

尼見は帝の御言葉を焔良に伝えた後、表情をあらため、

「鬼の側からも、今後一切、明治政府と帝の威信を落とすような真似をしないと約束していただきたい」

と、本来の彼の口調で釘《くぎ》を刺した。

「承知した。それと、もう一つ」

焔良は尼見の提案を吞《の》んだ後、軽く桜羽の背に手を触れた。

「月影桜羽に関わるのも止めていただきたい」

「わかりました。よいですね？　御手洗総理大臣」

焔良が詳しく説明せずとも、尼見は月影家が政府の間諜《かんちょう》として働いていた事実を知っていたのか、簡潔に御手洗に確認する。御手洗は桜羽に目を向けたが、桜羽がまっすぐに見つめ返すと、悔しそうに唇を歪《ゆが》めた。

話がまとまったと察し、焔良が立ち上がる。

「帝、感謝申し上げる」

丁寧に頭を下げた後、桜羽を促した。

「桜羽、行こう」

桜羽も椅子から立つと、帝に深くお辞儀をした。

部屋を出る際に、もう一度帝に目を向けると、彼は静かに微笑みを浮かべていた。その表情がひどく酷薄に見えて、桜羽の背筋がぞくりと震える。

(この御方は、自分こそが絶対なのだと、わかっておられるのだわ)

その気になれば、鬼の一族など簡単に滅ぼせるのだ、と……。

先ほど、神力を使うのは何年ぶりかわからないと話していた。

(もしかして帝は、この世の全てが面倒だとお思いなのではないかしら……)

だから、できるけれど何もしない。政権にも興味がない。

それはいかにも神らしい思考のように感じた。

*

御手洗たち政府との会談から二週間が経った。平穏な毎日を取り戻した桜羽は、夏の日差しが降り注ぐ中、坂江診療所に向かっていた。

先日、冬真から「帝都に戻った」と電報が届いた。黒宮のその後の行方が気にかかり、直接確認しようと、桜羽は冬真を訪ねることにしたのだ。

坂江診療所に着くと、出迎えてくれたのは真歩だった。桜羽の来訪を聞かされていたのか、「いらっしゃい」と嬉《うれ》しそうな顔をした。

「久しぶり。元気だった？」

桜羽が気さくに尋ねると、真歩はにこっと笑って、

「うん。桜羽も？」

と問い返した。

「色々あったけど、元気よ」

真歩はそれ以上、深くは聞かず、

「桜羽と透夜さんって親戚だったんだね。透夜さんから教えてもらってびっくりした。今日は会いに来たんでしょ？　こっちで透夜さんが待ってるよ」

と、桜羽を母屋《おもや》へと案内してくれた。

坂江邸の客間に入った桜羽は、冬真と、もう一人意外な人物の姿を見て、目を丸くした。

「志堂さん！」

名を呼ばれた志堂は、無表情のまま、桜羽を見上げた。

「どうしてここに？」

「……偶然だ」

志堂が短く答える。

「診療所の前をうろうろしていたのだ。何か話があるようだったから、招き入れた」

冬真が「そうだろう？」と言うように志堂のほうを見る。志堂はふいと横を向いた。

真歩は桜羽と志堂が知り合いだということは聞いていなかったのか、目を瞬かせたが、

「ごゆっくり」

と言って、客間を出ていった。

「お前も座れ」

冬真に促されて、桜羽は椅子に腰を下ろした。

沈黙が漂う。重苦しい空気に耐えきれず、桜羽は口を開いた。

「冬真様。その後、黒宮さんはどうされましたか？」

気にかかっていたことを尋ねると、冬真は桜羽に、

「京を出て、とある場所に身を隠している。お前は死んだ人間となっているのだから、目立つことはするなと言い含めてある。でないと、家族に危険が及ぶと」

と、教えた。

「よかった。黒宮さん一家は無事なのですね」

桂香の顔を思い出し、ほっとする。彼らには穏やかに暮らしてもらいたい。

「先日、帝にお会いしました」

「帝に？」

かつては貴族だった月影家の者とはいえ、一民間人の桜羽が帝に対面したと聞いて、冬真が驚きの声を上げる。志堂もさすがに驚いたのか、軽く目を見開いていた。

「焰良が、今後一切鬼と政府は争わない、私の身も自由にするようにと、交渉してくれ

ました」

「帝直々に、それを承認されたと？」

　桜羽は、焔良が帝と直接やり取りをしたことが信じられないという表情を浮かべる冬真に向かって続ける。

「帝は、京の公家にも、今後は世の平穏を一番に考えるように伝えると言ってくださいました。帝の御言葉があれば、黒宮さんも他の公家華族の方々も、帝を京に戻すことに執着するのをやめ、今回のような事件も起こさなくなるでしょう」

「そうか……」

　ほっとした表情を浮かべた冬真を見て、桜羽は、彼もまた桜羽を心から心配してくれていたのだと気付いた。

「もう大丈夫だな。お前のそばには焔良がいるのだから、今後、危険な目に遭うことはあるまい」

　冬真の柔らかな声音の中に滲《にじ》んだ寂しさを感じ、桜羽の胸に切なさが過《よぎ》る。桜羽を守ることばかり考えて生きてきた彼が、今、自ら、桜羽との間に一線を引いたのだとわかった。

　桜羽は二人のそばで黙って会話を聞いていた志堂を振り向いた。

「志堂さん」と呼びかける。

「あなたを殺すようにと政府から命令を受けていたのですが、私はもう政府の暗殺者ではありません。安心してください」

「志堂」

冬真が桜羽の言葉を継ぐように、志堂に声をかけた。

「お前が、桜羽が暗殺者になる道を選んだと私に教えに来たのは、私に彼女を止めさせたかったからだろう？　お前は、ゆくゆくは政府から桜羽にお前の暗殺命令が下るだろうと予想していた。桜羽が暗殺者の道を選択しないよう思い留《とど》まらせ、その未来を避けようとしたのだ」

冬真の指摘に、志堂が黙り込む。

（冬真様は志堂さんから話を聞いて、私が黒宮さんを殺そうとしていると知ったのね）

あの日、どうして冬真が新橋驛に現れたのか、疑問が解けた。

志堂は冬真に視線を向け、皮肉な笑みを浮かべた。

「確かに、そういう打算はあった。だが、桜羽が私を殺さなくとも、結局は他の者が私を殺しに来る」

どのみち未来はないと言うように「はは」と乾いた笑いを漏らす志堂に、桜羽は小さく首を傾げながら考えを述べる。

「それはどうでしょう？　政府は月影家の者以外を使うでしょうか。冬真様といい、志堂さんといい、私といい、彼らは陰陽《おんみょう》術に長《た》けた能力の高い者を求めていたようですし、月影家と朝廷は長年の因縁があったため裏切らないだろうという確信も持っていたのだと思うのです。私たちが政府と決別したからといって、どこの誰とも知れない者を懐に入れ、秘密が漏れるような真似をするとも思えませんが……」

「桜羽の言うことも一理ある。──政府が桜羽を取り込もうと躍起だったのは、お前が陰陽師として優秀なだけでなく、癒《い》やしの力を使えたからだ。生前の朔耶も、見合いを装い、様々な機関の者たちから、妻としてその身を手に入れようと狙われていた。癒やしの力は、命の危険に晒《さら》されている者にとっては、唯一無二の希望だからな」

桜羽の推測を肯定し、政府の狙いについて冬真が語る。

（そうか。暗殺をさせるだけじゃない。御手洗卿《きょう》や大庭内務大臣もまた、暗殺の標的にされているということね……）

「政府が新たな犬を見つけようとしても、しばらく時間はかかるだろう。──志堂、その間に帝都を出ろ」

冬真に勧められて、志堂は目を見開いた。

「私に逃げろというのか？」

「今まで月影家に振り回されていたのだ。もう、自由になれ」

冬真の言葉に、志堂は傷ついたような顔をして、唇を噛《か》んだ。

「北海道へ行け。本州から北海道への移民は増えていて、開拓も進展しつつあると聞いている。海を越えてまで、政府は追ってはこないだろう」

「──お前は勝手だ！」

こらえきれなくなったのか、志堂が叫んだ。常に冷静沈着な志堂が声を荒らげる姿を、桜羽は初めて見た。

志堂は立ち上がると、身を乗り出して、冬真の胸ぐらを摑《つか》んだ。

「お前は何もわかっていない。私がどれだけお前に憧《あこが》れ、焦がれていたのか。お前の一番になりたかった。朔耶が死んだ時、後悔で打ちひしがれているお前の支えになりたかった。けれど、その後、お前が心に住まわせたのは、朔耶の亡霊と桜羽だけ。いつも、いつも、お前は私の気持ちに気付かない。今も！」

志堂の切ない告白を、冬真は静かに受けとめ、口を開いた。

「いつの頃からか、お前との間に距離を感じていた。お前が何か私に不満があるのなら、必要以上に慣れ合わない方がよいと思っていた。だが、お前のことは頼りにしていたのだ。それは私の甘えだったのだな。……逸己、お前の気持ちに気付かず、すまなかった」

志堂の名を呼び、冬真が謝罪する。志堂は冬真から手を離し、悔しそうに、くしゃりと顔を歪《ゆが》めた。

「その言葉、もっと早くに聞きたかった」

志堂の瞳《ひとみ》に涙が滲んでいるのを見て、桜羽の胸が締め付けられる。彼がどんなに冬真を大切な友人として想っていたのか、痛いほど伝わってきた。

志堂が二人に背を向ける。客間を出ていこうとした志堂に、冬真が声をかけた。

「どうか、息災で」

志堂は一度振り向くと、小さく頷《うなず》いて去っていった。

幼なじみ同士の決別を見守っていた桜羽は、そっと自分の胸を押さえた。

(志堂さんはきっと、誰かに殺される前に、冬真様に自分の気持ちを知っておいてもらいたかったのではないかしら……)

冬真が先ほど、診療所の前にいた志堂を招き入れたと話していたことを思い出す。

(二人が気持ちを伝え合えてよかった。これから志堂さんが進む道が、明るいものでありますよう……)

心の中で祈る。

まるでその言葉が聞こえたかのように、冬真が桜羽に声をかけた。

「お前の未来が、光り輝くものであることを願う」

「冬真様も」

桜羽は冬真に微笑みかけた。

寂しそうな様子をしていた桜羽を見送った後、真歩は客間に向かった。

室内の様子を窺《うかが》うと、一人残された冬真が、どこか遠くを見ているような顔で椅子に腰掛けていた。

その姿があまりにも頼りなくて、彼は何か大切なものを手放したのではないかと察した真歩は、冬真に駆け寄り背後から抱きついた。

「真歩？」

真歩の突然の行動に、冬真がいつになく驚いた声を上げる。

「透夜さん、わたしはあなたの家族です。坂江先生も。あなたは一人ではありません」

冬真の肩に顔を埋《うず》めて、真歩は続けた。

「桜羽は臆病《おくびょう》なわたしに、気持ちは言葉にしないと、何を考えているのか相手に伝わらないと言ってくれたんです」

冬真が身動きしたのに気付き、真歩は顔を上げた。こちらを振り向いている冬真の瞳と目が合う。いつも他の誰かを映していた瞳に、今は真歩だけが映っている。

「桜羽の大切な人は何も言わずにいなくなってしまったそうです。だから何も伝えることはできなかったと……。わたしは後悔するのは嫌です。だから言います」

そう宣言した後、真歩はゆっくりと冬真に想いを告げた。

「わたしは透夜さんが好きです。あなたが何者であっても、他の誰かを想っていたとしても、わたしはあなたが好きなんです」

真歩が自分に好意を持っていたことが意外だったのか、冬真が目を見開いた。

純粋な瞳で自分を見つめ、頬を上気させる真歩を直視できなかったのか、視線を逸《そ》らす。

「今は……何も言えない」

「はい」

「わかりました」とも「待っています」とも言わず、真歩は微笑み、冬真の体を離した。

終章

「桜羽様、お綺麗《きれい》です！」

桜の花のような薄紅色の打掛を羽織った桜羽を見て、心花が歓声を上げた。

「そう……？　私、おかしくないかしら？」

桜羽は何度も鏡に自分の姿を映し、自信なく首を傾げる。

「全然、全く！　おかしくありません」

心花はこぶしを握って力説すると、きらきらした瞳で桜羽を見上げた。

「この日が来るのを、心花はずっとお待ちしておりました」

桜羽が冬真と志堂と別れてから、三ヶ月が経った。季節は変わり、焔良の薔薇《ばら》園では、秋薔薇が美しく咲き誇っている。

桜羽は月影家本邸から焔良の邸《やしき》に戻った。一族の者たちは桜羽が斡旋《あっせん》した仕事に就き――一部の者は渋々だったが――今はなんとかやれているようだ。時折相談事を持ち掛けられるので、頭領として対応しているのだが、皆の生活が軌道に乗れば、本当の意味で月影家を離れることができるだろう。

帝の拉致《らち》未遂事件で、鬼は再び一部の人々から警戒されるようになったが、既に築いていた関係は完全に崩れることはなく、以前の程度までには戻りつつある。

学校も再開し、桜羽は教師として復帰した。榮子と達喜は桜羽に助けられたことを感謝し、反発をやめた。虎徹も楽しそうに学校に通ってくれている。

京を統べる長として心機一転頑張ると焔良に誓い、京へ戻った旭緋は、仲間の鬼たちがより良い暮らしを送れるように努めているらしい。海棠は相変わらず大学の研究室に籠《こ》もり、鬼の歴史について研究を続けているようだ。

保司を筆頭とした『緑空党』強硬派の民権家たちは利用されただけだとして情状酌量となったが、保安条例をもって、宮城から三里以外に退去させられた。三年間はその範囲に出入りすることを禁止されている。

「桜羽。準備はできたか？」

桜羽の部屋の扉が開き、焔良が顔を出した。

「焔良」

振り向いた桜羽を見て、焔良が息を呑《の》み、眩《まぶ》しそうに目を細めた。

足早に歩み寄ってきて、感慨深げに桜羽の顔を見下ろす。

「綺麗だ。桜羽」

まっすぐに見つめられ、桜羽は恥じらって顔を伏せた。

焔良の邸に戻った日、焔良は桜羽の前に跪《ひざまず》いて求婚した。

「結婚してくれ、桜羽。俺にはお前が必要だ」

懇願するように手を取られ、桜羽は「はい」と頷いた。

(私は焔良の隣にいたい)

焔良が監獄に入れられた時、彼がいなくなってしまった世界を想像し、胸が潰《つぶ》れそうなほど、つらく苦しい思いをした。離れたくないと、強く願った。

様々なことが落ち着いたら結婚しようと約束して、ようやくこの日を迎えた。

桜羽は、焔良が手にしているレェスに目を向けた。

「それは?」

「海外では、花嫁は婚姻の儀式の際にベールをかぶるものらしい。魔除《まよ》けや障壁の意味があるそうだ」

「障壁?」

あまりいい意味に聞こえなくて不安な表情をする桜羽の頭に、焔良がふわりとベールをかぶせる。

「俺たちの間にある障壁だ。でも、こうすることによって……」

そう言いながら、焔良はベールを軽く上げた。

「障壁は取り除かれ、二人は永遠に結ばれる」

そのまま軽く口づけられて、心臓が跳ねる。

「あ、あの、焔良……」

動揺する桜羽を見て、焔良は面白そうに笑った後、

「さあ、行こうか。花嫁殿」

と、片手を差し出した。

赤い瞳《ひとみ》が甘く桜羽を見つめている。桜羽は焔良の手に、自分の手を重ねた。

焔良に導かれながら階段を下り、サンルームへ向かう。心花は桜羽の打掛の裾《すそ》を持ち、二人の後を付いてくる。

薔薇園には、朱士、栄太、矢草や華劇座の鬼たちの姿があった。

虎徹と両親、桜羽が監獄から助けた鬼の一族の者たちも、この場に集まっている。二人の結婚を知り、「ぜひお祝いさせてください」と頼まれ、焔良が快く招いたのだ。焔良を「頭領としてふさわしくない」と非難していた彼らは深く反省し、焔良に謝罪した。桜羽にも謝罪とお礼を述べ、今は二人を支えてくれている。

桜羽と焔良は庭へ降りると、彼らの前に立った。焔良が桜羽の背に手を添えて、皆に向かって宣言する。

「月影桜羽は今日これより、鬼の頭領、焔良の妻となる。皆、よろしく頼む」

皆から「おめでとうございます」という祝福の言葉を受けて、桜羽は万感の思いで頭を下げた。

鬼と人の間に生まれた者として、両者を繋《つな》ぐ架け橋になりたい。焔良と共に、自分にできることを精一杯していこうと、あらためて決意する。

「桜羽」

名を呼ばれて振り向くと、焔良が優しいまなざしで桜羽を見つめていた。

「お前は俺の最愛だ」

桜羽の顔を覆うベールが上げられ、焔良の顔が近付いてくる。桜羽は目を瞑《つぶ》った。

薔薇の咲き乱れる庭園で、たくさんの拍手に包まれ、二人は夫婦の誓いを立てた。
＊

「真歩！」

桜羽は茶屋に入ってきた真歩に向かって片手を上げた。

「桜羽！」

真歩が椅子に座っていた桜羽に気付き、歩み寄ってくる。

「久しぶり。元気だった？」

「うん。桜羽も？」

「元気よ」

二人は簡単な挨拶《あいさつ》を交わすと、やって来た女将《おかみ》に、温かなお汁粉を注文した。

「診療所はどう？　今、とても風邪が流行《はや》っているでしょう？」

最近、感染力が強く、高熱が出る風邪が流行している。政府の要人にも、その風邪に罹《かか》って亡くなった人がいると新聞に報じられていた。

心配な気持ちで桜羽が尋ねると、真歩は「そうなの」と頷《うなず》いた。

「患者さんが次々来るから、先生も冬真さんもてんてこまいなの。桜羽も気を付けてね」

冬真の名が出て、桜羽の胸がほんの少し切なくなる。彼が今も坂江診療所にいること
はわかっているが、三ヶ月前に話をしてから会ってはいない。

(冬真様は病気の人々を助けているのね)

これまでたくさんの鬼や人の命を奪ってきた冬真が、これからは命を助ける道を選ん
だのだと知って嬉《うれ》しくなる。

冬真のことを考えていたら、真歩が話題を変えた。

「桜羽は、新婚生活はどう？　旦那《だんな》様と仲良くしてる？」

「だ、だんな、さまっ……」

他人から「旦那様」と言われた衝撃で、桜羽の顔が赤くなる。

「えっ？　旦那様でしょ？」

桜羽の初々しい反応に、真歩はきょとんとしている。

「そ、そうだけど……そうなのだけど……！」

両手で顔を押さえて照れている桜羽を見て、真歩が明るい声で笑った。

「うふふ。桜羽、幸せそう！　よかったぁ！」

ことあるごとに抱きしめて、口づけをして、「愛している」と囁《ささや》く焰良を思い出し、

体温が上がる。

頬を染める桜羽に、真歩が「ねえ、桜羽」と声をかけた。

「わたし、冬真さんに自分の気持ちを伝えたんだ」

「えっ」

桜羽は驚いて真歩を振り向いた。真歩は穏やかな微笑みを浮かべている。

「前に桜羽が言ってくれたでしょ？　気持ちは言葉にしないと、何を考えているのか相手に伝わらないって。まだ本当の名前しか教えてもらっていないけど……いつかあの人が、なんでもいいから、わたしに自分の気持ちを伝えてくれたらいいなって思ってる」

「そうなのね……」

勇気を出した真歩を、桜羽は眩《まぶ》しく見つめた。か弱いと思っていた友人が、実は強い心の持ち主だったと知り、そんな彼女が冬真のそばにいてくれることに感謝する。

(真歩、ありがとう)

二人の間にお汁粉が運ばれてきた。熱々のお餅《もち》を囓《かじ》り「おいしいね」と言いながら食べる。女の子同士で語らう楽しい時間は、あっという間に過ぎていった。

髪をくしけずりながら鼻歌を歌っている桜羽を見て、寝台に腰掛けて書類を読んでいた焔良が声をかけた。

「随分機嫌がいいな。今日は出かけていたのか？」

「友達と一緒にお汁粉を食べてきたの。たくさんおしゃべりをして、楽しかったわ」

「友達？　斎木か？」

首を傾げた焔良に、坂江診療所の真歩だと教える。

「ああ、あの子か。……冬真とも会っていたのか？」

何気ない様子で続けた焔良に、桜羽は「ううん」と首を横に振って見せた。

「会っていないわ。たぶん、これからも会わないと思う」

「無理をしなくてもいいんだぞ。会いたくなったら会えばいい。あいつはお前の親だからな」

寛容な夫に、桜羽は微笑み返した。

「手紙ぐらいは書くかもしれないわ」

「それがいい」

寝台に歩み寄り、桜羽は焔良の隣に座った。焔良が桜羽の髪を一筋掬《すく》い、くるくると指に巻き付けてもてあそぶ。

桜羽は焔良の膝《ひざ》の上に置かれた書類に目を向けた。

「それ、政府に提出する要望書の草案ね。鬼の子供も高等教育を受けられるようにしてほしいっていう……」

「そうだ。学力や進学資金があっても、今はまだ鬼という出自だけで拒否されるからな」

焔良が、寝台の脇机に書類を載せながら答える。

「明日は俺の作った学校に文部省の役人を連れていく予定だ」

「そうなのね。私も何かできることはあるかしら？」

「授業風景を見学してもらおうと考えている。いつも通りにしてくれたらいい」

焔良の要望に、桜羽は頷いた。

先日の授業の様子を思い出す。

学校が再開してから、虎徹も毎日登校してくるようになった。算術が苦手で、授業中、ことあるごとに桜羽を呼ぶ虎徹に嫉妬《しっと》し「桜羽先生をひとりじめしちゃだめ！」と頬をふくらませる咲に、虎徹はたじたじになっていた。休み時間は、皆と楽しく遊んでいる姿を見かける。

政府の役人に、子供たちが授業を受けている光景を見てもらいたい。鬼の子たちも人の子と同じように、明るく優しく、そしてたくさんのことを学びたいと思っているのだと知ってもらいたい。

「進学できるようになれば、将来の可能性が広がるからな」

桜羽は焔良の言葉の意味を考えた。

現在の状況では、鬼が最高学府である大学に入ることはできない。今後、制度が変わり、鬼の子供も大学へ行けるようになれば、官吏への道も開け、鬼も国政へ関与できるようになるかもしれない。

国会開設の日は刻々と近付いている。世の中が、より良くなるように、桜羽は願った。

「焔良の夢が叶《かな》うよう、力になりたい。もっと私を頼ってね」

桜羽が微笑みかけると、焔良は桜羽の腰に腕をまわし、引き寄せた。

「お前が隣にいてくれるから心強い」

(私の夢も焔良と同じ。鬼と人の間を繋《つな》ぎ、皆が幸せに暮らせるよう、力を尽くしたい)

焔良が、もう片方の手で桜羽の頬を撫《な》でた。くすぐったさで身じろぎした桜羽の頤《おとがい》に指をかける。自分のほうへ顔を向けさせ、囁いた。

「愛している。桜羽。お前は？」

「私も愛してる」

二人の唇が重なる。

目を開けた桜羽の頬が一気に火照る。自分の言葉と焔良の口づけに照れて、両手で顔を覆った。

焔良の妻になっても、やはり自分はまだまだ恋愛初心者だ。どーんとかまえることなんてできない。

「お前はいつになったら慣れるんだ？　可愛すぎて仕方がないのだが？」

いつまで経っても、自分は焔良にどきどきして、一生慣れない気がする。

「無理かもしれない……」

頼りない答えを聞いて焔良は明るい声で笑うと、桜羽を優しく抱きしめた。

あとがき

　こんにちは。卯月《うづき》みかと申します。『帝都の鬼は桜を恋《こ》う』の第二巻『帝都の鬼は永遠《とわ》を契る』をお手に取っていただきまして、ありがとうございます。

　以前SNSで読者様に「あとがきで読みたい内容ってどんなことでしょうか？」という四択アンケートにご協力をいただきました。「設定や、執筆の時の裏話、作品に込めた想いを知りたい」というお声が多かったので、今回はそれについて書いてみようと思います。

　イラストレーター様にカバーイラストを描いていただく際に、私は、キャラクター設定表を作っているのですが、桜羽《おとは》のイメージカラーは青・藍色《あいいろ》、焔良《ほむら》は赤・朱色とお伝えしておりました。お気付きでしょうか。『桜を恋う』の表紙は赤、『永遠を契る』は青。対になるようにしてくださったのです！　すごく素敵な表紙にしていただき、嬉《うれ》しいです。

　裏話と言いますと、私は執筆する時、頭の中でキャラクターの動きや景色を想像して、それをそのまま文章にするようなイメージで地の文を書きます。作品舞台と似た景色を見ると想像がしやすくなるので、取材に行くことが多いです。今回は明治建築を保存展示している野外博物館『博物館 明治村《めいじむら》』に行き、当時の雰囲気を味わってきました。

　私の今までの著作は、比較的ほのぼのしたものが多いのですが、「帝都の鬼」シリーズは、どきどきするお話にしようと意識して書いた作品になります。今回も史実を参考にした部分もありますが、明治時代風のファンタジー世界となっておりますので、色々と創作を加えております。特に、様々な出来事や、物などが現れた年代は、史実とは違っておりますのでご注意ください。架空の世界として、楽しんでいただけましたら幸いです。

　今回も美麗なカバーイラストを描いてくださいました桜花舞《おうかまい》先生、装丁デザインのnext door designの東海林《しょうじ》かつこ様、いつもたくさん相談に乗ってくださる担当編集者様、この作品に関わってくださいました皆様。そして、大切な読者様。心より御礼申し上げます。ありがとうございました。

卯月みか

本書は書き下ろしです。
この物語はフィクションであり、実在の人物・
地名・団体等とは一切関係ありません。

帝都《ていと》の鬼《おに》は永遠《とわ》を契《ちぎ》る

卯月《うづき》みか

令和7年 3月25日　初版発行

発行者●山下直久

発行●株式会社KADOKAWA
〒102-8177　東京都千代田区富士見2-13-3
電話　0570-002-301（ナビダイヤル）

角川文庫 24582

印刷所●株式会社暁印刷
製本所●本間製本株式会社

表紙画●和田三造

●お問い合わせ
https://www.kadokawa.co.jp/（「お問い合わせ」へお進みください）
※内容によっては、お答えできない場合があります。
※サポートは日本国内のみとさせていただきます。
※Japanese text only

ISBN 978-4-04-116043-5　C0193

◇◇◇

角川文庫発刊に際して

角川源義

第二次世界大戦の敗北は、軍事力の敗北であった以上に、私たちの若い文化力の敗退であった。私たちの文化が戦争に対して如何に無力であり、単なるあだ花に過ぎなかったかを、私たちは身を以て体験し痛感した。西洋近代文化の摂取にとって、明治以後八十年の歳月は決して短かすぎたとは言えない。にもかかわらず、近代文化の伝統を確立し、自由な批判と柔軟な良識に富む文化層として自らを形成することに私たちは失敗して来た。そしてこれは、各層への文化の普及滲透を任務とする出版人の責任でもあった。

一九四五年以来、私たちは再び振出しに戻り、第一歩から踏み出すことを余儀なくされた。これは大きな不幸ではあるが、反面、これまでの混沌・未熟・歪曲の中にあった我が国の文化に秩序と確たる基礎を齎らすためには絶好の機会でもある。角川書店は、このような祖国の文化的危機にあたり、微力をも顧みず再建の礎石たるべき抱負と決意とをもって出発したが、ここに創立以来の念願を果すべく角川文庫を発刊する。これまで刊行されたあらゆる全集叢書文庫類の長所と短所とを検討し、古今東西の不朽の典籍を、良心的編集のもとに、廉価に、そして書架にふさわしい美本として、多くのひとびとに提供しようとする。しかし私たちは徒らに百科全書的な知識のジレッタントを作ることを目的とせず、あくまで祖国の文化に秩序と再建への道を示し、この文庫を角川書店の栄ある事業として、今後永久に継続発展せしめ、学芸と教養との殿堂として大成せんことを期したい。多くの読書子の愛情ある忠言と支持とによって、この希望と抱負とを完遂せしめられんことを願う。

一九四九年五月三日